*Conformément aux statuts de la Société des Textes Français Modernes, ce volume a été soumis à l'approbation du Comité de lecture, qui a chargé M. André Blanc d'en surveiller la correction en collaboration avec M. Robert Garapon.*

# LE PHILOSOPHE
SANS LE SAVOIR

SOCIÉTÉ DES TEXTES FRANÇAIS MODERNES

MICHEL SEDAINE

# LE PHILOSOPHE SANS LE SAVOIR

## COMÉDIE

TEXTE ÉTABLI, PRÉSENTÉ ET ANNOTÉ
PAR
**ROBERT GARAPON**

PARIS

*S.T.F.M.*
1, rue Victor-Cousin

*Aux Amateurs de Livres,*
Diffuseur
62, avenue de Suffren

1990

*Publié avec l'aide du C.N.L.*

ISSN 0768-0821
ISBN 2-86503-190-X
© SOCIÉTÉ DES TEXTES FRANÇAIS MODERNES, 1990.

# INTRODUCTION

## I

### « LE PHILOSOPHE SANS LE SAVOIR » DANS LA CARRIÈRE DE SEDAINE

Michel-Jean Sedaine est né à Paris le 2 juillet 1719. Il est de la même génération que Diderot, avec lequel il fut très lié, et c'est la fille de Diderot, M$^{me}$ de Vandeul, qui rédigea sur lui une intéressante notice biographique, publiée dans la *Correspondance littéraire* de Grimm, un autre de ses contemporains.

Il était fils d'un entrepreneur des bâtiments du roi, et l'on devine que ses parents jouissaient d'une belle aisance puisqu'il était élève au Collège des Quatre-Nations (installé dans l'Hôtel Mazarin, maintenant l'Institut de France). Malheureusement, en 1732, son père se trouva ruiné et mourut. Contraint d'abandonner ses études pour subvenir aux besoins de sa famille, il se fit tailleur de pierre, tout en continuant à lire et en s'exerçant même à faire des vers. Puis il devint le collaborateur d'un entrepreneur parisien, et, au bout de deux ans, il avait déjà épargné mille écus à l'intention ses siens. A trente-trois ans, en 1752, il publia des *Poésies fugitives* parmi lesquelles on remarque une spirituelle *Épître à mon habit,* d'abord attribuée à Diderot. Il fait la connaissance de Vadé, l'auteur de vaudevilles et l'inventeur du genre poissard, et il se met à écrire des couplets de chansons. A la même époque, il devient le protégé de M. Le Comte, ancien lieutenant criminel au Châtelet, et de son épouse : Sedaine leur avait construit une belle maison (dans le faubourg Saint-Antoine ou place Royale, on ne sait pas trop) ; selon d'autres, Sedaine surveillait l'état des maisons que possédait le ménage. Au reste, il est difficile de préciser quand Sedaine abandonna sa profession d'entrepreneur-architecte[1].

Toujours est-il qu'à partir de 1756 notre auteur devint le fournisseur attitré du Théâtre de la Foire et du Théâtre Italien ; en collaboration avec Philidor, Monsigny, Grétry, d'autres encore, il obtint de grands succès avec des opéras-comiques comme *Le Diable à quatre* (1756), *Blaise le savetier* (1759), *Le Roi et le fermier* (1762), *Rose et Colas* (1764) ; et, après deux incursions dans le théâtre purement dramatique que sont *Le Philosophe sans le savoir* en 1765 et *La Gageure imprévue* en 1768, il reprit avec un grand bonheur sa première manière avec *Le Déserteur* (1769), *Thémire* (1770), *Le Faucon* (1771), *Le Magnifique* (1773), *Les Femmes vengées* (1775), *Aucassin et Nicolette* (1780), *Richard Cœur de Lion* (1784), *Raoul Barbe-Bleue* (1789)... En 1786, il avait été élu à l'Académie française, il était protégé de Catherine de Russie grâce à Grimm ; marié sur le tard, en 1769, il venait d'acquérir une propriété de campagne à Saint-Prix, près de Saint-Leu ; secrétaire de l'Académie d'Architecture depuis 1768, il disposait d'un vaste appartement au Louvre. Mais ses dernières années furent attristées par la maladie, l'impécuniosité, les excès révolutionnaires — il était « philosophe » mais très médiocrement jacobin —, enfin par l'oubli dans lequel il se sentait tomber — ainsi il ne fut pas nommé membre de l'Institut en 1795, lors du rétablissement des Académies. Il mourut en mai 1797.

---

1. Ainsi, un de ses meilleurs amis, Jean-Nicolas Dufort de Cheverny, écrit dans ses *Mémoires* (tome I, p. 235) que Sedaine « abandonna totalement le ciseau et le marteau » vers 1752, mais, quand il arrive aux années 1765-1767, il précise : « Cependant mon ami Sedaine se livrait au théâtre avec succès, et ne négligeait pas pour cela son état de maître-maçon, entrepreneur de bâtiments et architecte ».

Pourquoi Sedaine a-t-il écrit *Le Philosophe sans le savoir,* et pourquoi, après la réussite incontestable que connut cette pièce d'un genre tout nouveau, n'a-t-il pas persévéré dans la même voie ? Certes, on peut voir dans cette œuvre l'application très heureuse des préceptes énoncés par Diderot dans ses *Entretiens sur le Fils Naturel,* et nous y reviendrons. Mais pourquoi Sedaine a-t-il attendu huit ans pour apporter cette contribution de choix au nouveau genre du drame bourgeois, et pourquoi n'a-t-il pas persévéré ? Peut-être a-t-il craint de forcer son talent, mieux fait pour les « comédies mêlées d'ariettes » que pour les grandes compositions en cinq actes ; peut-être a-t-il été découragé en quelque sorte par sa modestie[2]. Peut-être enfin n'était-il pas bien vu des Comédiens Français, s'étant par trop « encanaillé » avec Monet, le directeur de l'Opéra Comique à la Foire, et avec les Comédiens Italiens (on sait que les deux troupes fusionnèrent précisément en 1765). On en est réduit aux conjectures et aux hypothèses pures et simples.

## II

## LES CIRCONSTANCES DE LA CRÉATION

C'est principalement Grimm, dans sa *Correspondance littéraire,* qui nous renseigne sur les difficultés que Sedaine éprouva avec la censure avant que sa pièce fût autorisée, et les diverses péripéties qui précédèrent la première représentation. Depuis plusieurs mois — « un an entier », selon Sedaine[3] —, *Le Philosophe sans le savoir* avait été reçu par les Comédiens Français ; Diderot, qui avait lu alors l'ouvrage, en avait été enthousiasmé ; mais le lieutenant général de

---

2. On aura une idée de cette modestie en lisant l'Avertissement mis en tête de *La Gageure imprévue* (dans le *Théâtre du XVIIIᵉ siècle* édité par Jacques Truchet, Bibliothèque de La Pléiade, t. II, p. 565).

3. *Quelques Réflexions inédites de Sedaine sur l'Opéra Comique,* ci-dessous p. 133.

police, M. de Sartine, vit de graves inconvénients à laisser jouer une comédie où le duel était, sinon conseillé, comme l'écrit à tort Grimm[4], du moins toléré et quasi justifié par un respectable père de famille. Alors que la première représentation était déjà fixée au 21 octobre 1765[5], le magistrat exigea des modifications substantielles, et Sedaine dut s'exécuter : en une semaine, il changea profondément son texte et récrivit, en particulier, une large moitié de son troisième acte. Au lieu d'entrer dans les raisons de son fils et de le laisser partir à son rendez-vous, M. Vanderk père qualifiait le duel d'« assassinat », et renvoyait son fils dans sa chambre — pour ne pas s'apercevoir, un moment après, qu'il quittait la maison ! Même ainsi, les autorités hésitaient encore ; finalement, le 30 novembre, une commission composée du lieutenant général de police, du lieutenant criminel et du procureur du roi au Châtelet, tous trois accompagnés de leurs épouses, assista au Théâtre Français à une répétition générale de la pièce ; aux dires de Grimm, les trois dames de cet aréopage d'un nouveau genre furent très sensibles aux aspects émouvants de la pièce, *la sévérité des magistrats* ne put tenir *contre de beaux yeux en larmes* et la représentation fut autorisée[6].

La première eut donc lieu le 2 décembre. Les acteurs furent excellents, au jugement de Grimm : à la réserve du rôle de Vanderk père, médiocrement joué par Brizard, tous les autres furent supérieurement tenus, notamment ceux de Vanderk fils, joué par Molé[7], d'Antoine, joué par Préville[8], de Victo-

---

4. *Correspondance littéraire,* éd. Maurice Tourneux, Paris, Garnier, 1878, t. VI, p. 402 (« Un duel conseillé par un père a mis toute la police en alarmes... »).

5. Collé, *Journal et Mémoires,* Paris, Didot, 1868, t. III, p. 51.

6. *Correspondance littéraire,* éd. cit., t. VI, p. 439.

7. Molé, de son vrai nom François-René Molet (1734-1802), remporta de continuels succès à la Comédie Française à partir de 1760. Il s'était spécialisé dans les rôles de petit-maître.

8. P.L. Dubus, dit Préville (1721-1799), débuta à Paris en 1753

rine, jouée par M<sup>lle</sup> Doligny[9]. Le succès, d'abord seulement moyen, devait rapidement s'affirmer. Après six représentations en décembre et un relâche dû à la mort du Dauphin, la pièce fut reprise à partir du 12 janvier 1766, et connut 24 représentations cette année-là et 11 en 1767 : indice très clair d'un accueil favorable. Au reste, pour répondre aux désirs des spectateurs, Sedaine avait très vite supprimé les deux courtes scènes 6 et 7 de l'acte V, entre les musiciens, M. Vanderk père et Antoine ; petite mais très habile concession, qui montrait bien que l'auteur était homme à tenir le plus grand compte des réactions de son public — au moins autant que des exigences de la censure !

Grimm, les philosophes, les Encyclopédistes se déclarèrent hautement pour la pièce. Diderot surtout exulta ; au lendemain de la première, il écrivit à Grimm :

> *Oui, mon ami, oui, voilà le vrai goût, voilà la vérité domestique, voilà la chambre, voilà les actions et les propos des honnêtes gens, voilà la comédie... [...] J'étais à côté de Cochin*[10], *et je lui disais : « Il faut que je sois un honnête homme, car je sens vivement tout le mérite de cet ouvrage. Je m'en récrie de la manière la plus forte et la plus vraie ; et il n'y a personne au monde à qui elle*[11] *dût faire plus de mal qu'à moi, car cet homme me coupe l'herbe sous les pieds. » ... Eh bien, monsieur le plaisant, m'en croirez-vous une autre fois quand je vous louerai une chose ? Je vous disais que je ne connaissais rien qui ressemblât à cela ; que c'était une des choses*

---

et fut très goûté du public, surtout dans le genre comique, jusqu'à sa retraite en 1786.

9. Elle avait débuté deux plus tôt à la Comédie Française. Elle avait 19 ans (selon Lyonnet). En 1767, elle fut Eugénie dans le drame de Beaumarchais et elle joua le rôle de Pauline en 1770 dans *Les Deux Amis ou le Négociant de Lyon*.

10. Charles-Nicolas Cochin (1715-1790), célèbre graveur et critique d'art.

11. *Elle* : cette comédie.

> *qui m'avaient le plus surpris ; qu'il n'y avait pas d'exemple d'autant de force et de vérité, de simplicité et de finesse. Dites le contraire, si vous osez*[12].

Certes, il y eut des voix discordantes : Bachaumont, Voltaire[13], Palissot ; mais, dans l'ensemble, la critique fut très élogieuse.

Au début de 1766 fut publiée sous deux formes l'édition originale du *Philosophe sans le savoir,* bientôt suivie d'une deuxième édition. Ces deux éditions donnaient le texte qui avait été représenté, donc le texte corrigé conformément aux exigences de la censure. Mais Sedaine ne se résignait pas à laisser ainsi sa pièce défigurée, et il fit imprimer et insérer dans des exemplaires de ces deux éditions de 1766 un appendice paginé séparément qui donnait le texte dans lequel Sedaine aurait voulu faire jouer son œuvre : nous y reviendrons un peu plus loin.

### III

### LA GENÈSE ET LES SOURCES D'INSPIRATION

« En 1765, m'étant trouvé à la première représentation des *Philosophes* (mauvais et méchant ouvrage en trois actes), je fus indigné de la manière dont étaient traités d'honnêtes hommes de lettres que je ne connaissais que par leurs écrits. Pour réconcilier le public avec l'idée du mot philosophe, que cette satire pouvait dégrader, je composai *Le Philosophe sans le savoir* »[14]. Ces lignes de Sedaine doivent servir de point de

---

12. *Correspondance littéraire,* éd. cit., t. VI, p. 441-442.

13. Le 21 décembre 1765, il écrit à d'Argental : « On m'a mandé que *Le Philosophe sans le savoir* n'avait ni nœud, ni intrigue, ni dénouement, ni esprit, ni comique, ni intérêt, ni vraisemblance, ni peinture de mœurs ; mais il faut bien pourtant qu'il y ait quelque chose de très bon, puisque vous l'approuvez » (*Correspondance de Voltaire,* éd. Th. Besterman, n° 13051, in *Les Œuvres complètes de Voltaire,* tome 113, The Voltaire Foundation, 1973, p. 460).

14. *Quelques Réflexions...,* ci-dessous p. 132.

INTRODUCTION XIII

départ à toute recherche sur la genèse de notre pièce et les intentions que pouvait nourrir l'auteur en l'entreprenant (à ce détail près que la première représentation des *Philosophes* est du 2 mai 1760, et que l'année de la création de la comédie de Palissot est confondue avec celle du *Philosophe sans le savoir*). On sait que *Les Philosophes* présentaient sous des traits odieux Diderot (appelé Dortidius) et les Encyclopédistes, ou faisaient marcher à quatre pattes Jean-Jacques Rousseau, alias Crispin[15], et il est très compréhensible que Sedaine, qui était lié avec des amis des Encyclopédistes (son amitié avec Dufort de Cheverny, par exemple, remontait à 1758-1759), et peut-être déjà avec Diderot, ait voulu en quelque sorte répliquer à Palissot. Mais l'intention ne suffisait pas ; il lui fallait avoir l'idée de personnages et de situations propres à être portés à la scène.

Le personnage central dont Sedaine avait besoin, nous pensons qu'il l'a emprunté au *Père de famille* de Diderot, publié en novembre 1758 et représenté à la Comédie-Française en février 1761, en guise de réparation à la création des *Philosophes* sur le même théâtre, dix mois auparavant. Mais *Le Père de famille* n'avait alors été joué que sept fois, et ne devait jamais s'imposer comme un chef-d'œuvre. Reste que M. d'Orbesson pouvait bien donner la première idée de M. Vanderk, et que la double exclamation par laquelle se terminait son rôle (« Oh ! qu'il est cruel... qu'il est doux d'être père ! ») fournissait déjà à Sedaine comme l'épigraphe du drame qu'il méditait. Seulement, au lieu du thème bien usé de la mésalliance — ou plutôt de la fausse mésalliance[16] —, il lui fallait découvrir une péripétie ou, si l'on préfère, une

---

15. Voir en particulier *Les Philosophes,* III, 3 et III, 9 (dans le *Théâtre du XVIII<sup>e</sup> siècle,* éd. cit., t. II, p. 182 sqq. et p. 199 sqq.).

16. On sait en effet, que Sophie se révèle être la nièce du Commandeur, beau-frère de M. d'Orbesson (comme Marianne, dans *L'Avare,* est en définitive la fille du seigneur Anselme, *alias* don Thomas d'Alburcy !).

épreuve qui pût servir de révélateur à l'énergie et à la valeur humaine du nouveau père de famille. Cette épreuve, une coutume encore trop répandue dans la classe dirigeante du XVIIIe siècle devait la suggérer à notre dramaturge : ce serait un duel, fruit de la légèreté et de l'imprudence de deux jeunes gens.

Il convient ici de rappeler que le duel était, en 1765, une réalité sociologique éminemment préoccupante. Je n'en veux pour preuves que les indications que l'on peut tirer des *Mémoires* de ce contemporain et ami de Sedaine que nous avons déjà cité, Jean-Nicolas Dufort de Cheverny. C'est d'abord la terrible histoire du prince de Dombes, fils du duc du Maine, à qui le comte de Coigny a manqué de respect. Le combat a lieu deux heures avant le jour, à la lueur des flambeaux portés par des coureurs, sur le chemin de Versailles. Le prince atteint son adversaire à la veine jugulaire et le tue ; puis, « pour ôter tout soupçon, court à Versailles se présenter au lever du Roi »[17]. — Voici maintenant une jeune femme, Élisabeth de Cabeuil, qui a d'abord épousé un M. de Chaville, gentilhomme ordinaire du Roi, qui la laisse veuve à vingt ans ; deux ans après, elle se remarie avec M. Grilleau, fils d'un riche négociant d'Orléans. « Ils n'étaient pas mariés depuis un an quand ils allèrent faire un voyage à Paris. Le nouveau mari se trouva, dit-on, à l'amphithéâtre de l'Opéra près d'un officier avec qui il avait eu anciennement une querelle ou une rivalité ; ce qui est certain, c'est que M. Grilleau fut rapporté chez lui blessé et qu'il mourut à trois

---

17. Dufort de Cheverny, *Mémoires,* t. I, p. 17. En terminant sa narration, Dufort indique qu'il y a eu des versions différentes de la mort du comte de Coigny, mais que celle qu'il vient de rapporter est pour lui « hors de doute ». Et de fait, plusieurs mémorialistes contemporains ne s'accordent pas sur le récit de l'événement ni sur la responsabilité du prince de Dombes ; l'un d'eux ne parle même pas d'un duel. Mais en toute hypothèse, et quelle qu'ait été la vérité historique, ce qui nous intéresse, c'est qu'un tel duel passe pour possible et même vraisemblable dans la France de 1748.

heures du matin, sans que sa femme pût en savoir davantage... »[18]. Comme le jeune femme en question va épouser en troisièmes noces un des fils du comte Dufort de Cheverny, on peut être sûr des faits ici rapportés. — Ou encore, pensez à l'histoire du représentant du peuple Laurenceot. Il était dans sa jeunesse procureur des étudiants en droit de Besançon, et il s'entremit avec le marquis de Ségur, commandant militaire, pour faire cesser les duels qui décimaient le corps des officier de la garnison et celui des étudiants en droit[19]. — Naturellement, on pourrait allonger la liste, et rappeler comment le marquis Chauvelin de Grosbois fut tué par le marquis de La Grange en un duel qui ressemblait à un assassinat[20], ou comment un ami de Dufort eut un duel avec un garde du corps « au sujet d'une porte de la salle des gardes qu'il n'avait pas fermée »[21], etc.

On le devine, Sedaine n'avait donc qu'à regarder autour de lui pour imaginer la futile altercation entre les deux jeunes officiers et ses conséquences. Même l'épisode des trois coups frappés à la porte pour annoncer à M. Vanderk la mort de son fils a été inspiré par la réalité. On lit en effet dans *Quelques Réflexions sur l'Opéra Comique* :

> *Un grand seigneur se battit sur le chemin de Sèvres. Son père attendait dans son hôtel la nouvelle de l'issue du combat et avait ordonné qu'on se contentât de frapper à la porte cochère trois coups si son fils était mort. C'est ce qui m'a donné l'idée de ceux que j'ai employés dans cette pièce.*

Précisons toutefois qu'en bon dramaturge qui connaissait ses classiques, notre auteur s'est également souvenu des actes III et IV d'*Horace,* où l'on annonce au vieil Horace, d'abord

---

18. *Ibid.*, t. I, p. 437.
19. *Ibid.*, t. II, p. 180-182.
20. *Ibid.*, t. I, p. 131-132.
21. *Ibid.*, t. I, p. 145.

la défaite de ses fils, puis la victoire inattendue et complète de celui que l'on avait pris pour un fuyard.

Mais il est un autre ouvrage dont Sedaine s'est inspiré pour écrire son *Philosophe* : je veux parler des *Entretiens entre Dorval et moi* ou *Entretiens sur le Fils naturel* que Diderot a fait imprimer après *Le Fils naturel* en 1757.

Il lui a d'abord emprunté une partie importante de son sujet. En effet, dans le second des *Entretiens,* Diderot donne un « exemple domestique et commun » de ce que pourrait être une tragédie moderne, alliant pantomime et déclamation, et il met le résumé suivant dans la bouche de Dorval :

> *Un père a perdu son fils dans un combat singulier ; c'est la nuit. Un domestique, témoin du combat, vient annoncer cette nouvelle. Il entre dans l'appartement du père malheureux, qui dormait. Il se promène. Le bruit d'un homme qui marche l'éveille. Il demande qui c'est. — C'est moi, monsieur, lui répond le domestique d'une voix altérée. — Eh bien ! qu'est-ce qu'il y a ? — Rien. — Comment, rien ? — Non, monsieur. — Cela n'est pas. Tu trembles ; tu détournes la tête ; tu évites ma vue. Encore un coup, qu'est-ce qu'il y a ? je veux le savoir. Parle ! je te l'ordonne. — Je vous dis, monsieur, qu'il n'y a rien, lui répond encore le domestique en versant des larmes. — Ah ! malheureux, s'écrie le père en s'élançant du lit sur lequel il reposait ; tu me trompes. Il est arrivé quelque grand malheur... Ma femme est-elle morte ? — Non, monsieur. — Ma fille ? — Non, monsieur. — C'est donc mon fils ?... Le domestique se tait ; le père entend son silence ; il se jette à terre ; il remplit son appartement de sa douleur et de ses cris. Il fait, il dit tout ce que le désespoir suggère à un père qui perd son fils, l'espérance unique de sa famille*[22].

A notre connaissance, on n'a jamais rapproché ce sujet de tragédie domestique envisagé par Diderot de la donnée du *Philosophe sans le savoir* ; la parenté nous paraît pourtant

---

22. Diderot, *Œuvres complètes,* Éd. Assézat, Paris, Garnier, 1875, t. VII, p. 117.

évidente. Certes, Diderot fournissait à Sedaine un dénouement tragique dont il n'a pas voulu, mais Sedaine a tiré du canevas de Diderot plusieurs éléments essentiels de son intrigue : un père de famille a une fille et un fils, « espérance unique de sa famille » ; un serviteur vient annoncer à ce père que son fils a été tué en duel, car il a été témoin du combat ; la mère du jeune homme ne se doute de rien, elle dort paisiblement dans sa chambre... Ce n'est évidemment pas là toute l'action de notre pièce, mais n'est-il pas hautement probable que l'imagination de Sedaine ait été mise en mouvement par un tel passage des *Entretiens sur le Fils naturel* ?

D'autant que, soucieux d'appliquer les préceptes énoncés par son illustre aîné, Sedaine a prétendu peindre les conditions autant sinon plus que les caractères, et il a fait de son héros non seulement un père de famille, mais un riche négociant qui associe à son commerce des activités de banquier et aussi d'armateur. On se souvient que c'est sur un navire marchand que M. Vanderk a donné les premières preuves publiques de son courage en sauvant le « bon Hollandais ». Deux indices nous invitent à penser qu'il n'a pas abandonné depuis l'industrie du transport maritime : d'une part, une lettre de change venue de Cadix, le grand port espagnol sur l'Atlantique, est pour lui « de l'argent comptant » ; d'autre part, ce n'est sans doute pas un hasard si son fils est devenu officier de marine !

Nous n'allons pas revenir ici sur le vibrant plaidoyer en faveur du grand commerce producteur de richesses et facteur de paix dans le monde, que prononce M. Vanderk père à la scène 4 du II$^e$ acte : il n'est que de relire ces phrases fermes et précises, qui parlent assez d'elles-mêmes. Je me bornerai à formuler deux observations complémentaires.

La première, pour souligner qu'un tel plaidoyer était très nécessaire — et encore très neuf — à la fin du règne de Louis XV. Certes, il y avait alors près d'un siècle que l'ordonnance colbertienne de 1669 avait défini que le grand commerce ne dérogeait pas, et l'édit de 1701 l'avait redit avec netteté ; mais ce n'est un secret pour personne que la noblesse française n'avait jamais accepté cette idée, à la différence de ce qu'on pouvait observer outre Manche[23].

Mais, d'autre part, il convient de souligner toute la timidité de cette réhabilitation de l'état de négociant. Car après tout, on peut penser que c'est dans son hérédité, et non pas dans l'exercice de son métier, que Vanderk père a puisé ce sens exigeant de l'honneur et du service qui est le sien : n'est-il pas très authentiquement noble, et son propre père n'a-t-il pas été tué « fort jeune à la tête de son régiment » ? En second lieu, à quoi sert la magnifique réussite du négociant Vanderk, sinon à redorer le blason de sa famille, à racheter tous les biens patrimoniaux que le service du prince avait fait aliéner, à permettre à la fille de la maison d'épouser un président à mortier et au fils de devenir officier de la marine du roi ? En somme, le grand négoce n'aura été, dans l'histoire de la famille, qu'un interlude entraîné par les malheurs de l'existence, au lieu de constituer une ouverture sur l'avenir, l'annonce de la nouvelle société, celle des échanges économiques à l'échelle du monde face à l'ancienne société nobiliaire.

Par là-même, et bien curieusement, *Le Philosophe sans le savoir* ne correspond que d'assez loin à la définition que Félix Gaiffe proposait du drame du XVIIIe siècle : *un spectacle destiné à un auditoire bourgeois ou populaire et lui présentant un tableau attendrissant et moral de son propre milieu*[24]. Le spectacle est destiné aux habitués du Théâtre-Français ; il offre certes un tableau très attendrissant de la vie familiale, mais dans un milieu de la haute société où se côtoient la robe et l'épée, et où les préjugés aristocratiques et le culte du point d'honneur règnent tout autant que dans *Le Cid* !

---

23. Voir notamment François Bluche, *Louis XIV,* collection Pluriel, p. 215, et aussi la Xe *Lettre Philosophique* de Voltaire.

24. Félix Gaiffe, *Le Drame en France au XVIIIe siècle,* Paris, A. Colin, 1910, p. 93.

## IV
## LA DRAMATURGIE

La construction du *Philosophe sans le savoir* est des plus intéressantes à étudier ; elle montre en effet un auteur en pleine possession de toutes les ressources de son métier, et qui les utilise d'une façon très personnelle, pour ne pas dire très originale.

L'exposition nous présente, outre un tableau général de la famille Vanderk, un retour fort instructif sur le passé de Vanderk père, les ultimes préparatifs du mariage de la fille de la maison et la menace qui pèse sur tout ce bonheur du fait du duel où Vanderk fils s'est laissé entraîner. Cette exposition n'est pas rapide, puisqu'elle occupe les deux premiers actes en entier — mais on sait que Molière aimait ces expositions longues et descriptives — ; elle n'est pas non plus complète, puisque le spectateur n'est pas entièrement renseigné sur les circonstances de l'altercation qu'ont eue ensemble les fils Vanderk et Desparville, et ne le sera qu'au milieu de la scène 8 du III$^e$ acte. Mais cette exposition est des plus vivantes et des plus attachantes : c'est une invention bien délicate de nous faire donner par Victorine la première nouvelle de ce duel qui plane sur la joie des noces, et le déguisement de Sophie Vanderk est sans doute puéril, mais d'une puérilité qui amuse et émeut. D'autre part, cette exposition est très naturelle, et cela fait oublier la lenteur dont il vient d'être question : car chaque personnage dit seulement ce qu'il est en situation de dire, et en particulier Sedaine s'est refusé la facilité d'utiliser Antoine comme confident de M. Vanderk père dans la 4$^e$ scène du premier acte ; au lieu d'un dialogue factice qui aurait renseigné le public *de omnibus rebus scibilibus*, on a un entretien très réaliste d'un homme d'affaires à la tête très bien organisée avec son homme de confiance. Quant à la conversation entre père et fils du début du II$^e$ acte, elle était beaucoup moins invraisemblable en 1765 que de nos jours, car il était fréquent alors qu'un personnage important changeât de nom au cours de son existence et se prévalût, au moment opportun, de titres qu'on ne lui connaissait pas auparavant.

Le nœud de la pièce occupe les actes III et IV ainsi que les dix premières scènes de l'acte V. Il est évidemment dominé par la forte personnalité de M. Vanderk père ; mais, chose curieuse et sur quoi il faudra insister, ce dernier, à proprement parler, n'agit pas : il empêche d'agir ou il s'empêche d'agir, et cela de propos délibéré et toute réflexion faite. A l'acte III, il laisse partir son fils. A l'acte IV, il « couvre » en quelque sorte l'absence de son fils en écoutant patiemment sa sœur, en convainquant Antoine que les lois de l'honneur mondain ne sont pas les exigences de l'honnêteté pure et simple (IV, 9), ou en prenant sereinement la tête du cortège nuptial (IV, 10-12). A l'acte V, il remplit imperturbablement ses obligations d'honnête négociant vis-à-vis de M. Desparville en lui payant sa lettre de change, alors même qu'il vient d'apprendre que cet argent est destiné à faciliter la fuite de l'adversaire de son fils, et qu'il entend les trois coups frappés par Antoine, lui annonçant que son fils a été tué.

Le dénouement est rapide et resserré dans les cinq dernières scènes de la pièce (V, 11-15). En dramaturge qui possède admirablement son métier, Sedaine sait qu'un dénouement heureux ne demande pas une préparation trop méticuleuse, et que le spectateur est toujours prêt à accepter que les choses tournent bien pourvu que toutes les vraisemblances ne soient pas bafouées : or nous avons appris par ce qu'il a dit au IIIe acte que le jeune Vanderk regrette son emportement[25], et, d'un autre côté, nous devinons que le fils Desparville a de qui tenir et qu'il est aussi brave officier et aussi brave homme que son père. Ajoutons que ce dénouement est aussi complet que possible : j'entends par là que Sedaine a tenu à rappeler, en ces ultimes scènes, la tendresse que Victorine nourrit pour Vanderk fils : c'est elle qui découvre que le chapeau de son frère de lait est percé d'une balle (V, 12). Mais,

---

25. « Et voilà mon chagrin, voilà mon tourment. Mon retour sur moi-même a fait mon supplice : il faut que je cherche à égorger un homme qui peut n'avoir pas tort » (III, 8).

INTRODUCTION                                            XXI

en toute raison et en toute vraisemblance, l'auteur ne pouvait aller au-delà. Il faudra attendre 1861 pour que George Sand imagine *Le Mariage de Victorine* !

Encore n'ai-je rien dit de deux habiletés que montre Sedaine dans la conduite de sa pièce : le sens des préparations et le goût de l'alternance. Touchant les préparations, on pourrait multiplier les exemples qui indiquent avec quel soin notre auteur dispose les pierres d'attente, glisse les détails annonciateurs de développements importants. Dès la seconde scène du premier acte, il introduit le domestique de M. Desparville, qui reparaît au second acte et laisse attendre la venue de son maître. De même, Sophie a donné à son frère une montre à répétition pour le punir de son retard (I, 11) ; Vanderk fils prête cette montre à Victorine en lui demandant de ne la rendre qu'à lui (II, 10) ; ainsi, il s'assure qu'elle verra la lettre qu'il laisse à l'intention de son père (III, 8), et il s'attirera une tendre réprimande de Victorine au dénouement (V, 12, vers la fin : « Qu'à moi, qu'à moi... Ah ! cruel ! »). De même encore, Antoine a reçu mission de son maître d'observer le combat, mais de très loin (« Déguisez-vous de façon à ne pas être reconnu ; tenez-vous en le plus loin que vous pourrez..., ne soyez, s'il est possible, reconnu en aucune manière, » lui a recommandé M. Vanderk père en IV, 9) ; aussi bien précisera-t-il, en accourant auprès de son maître au cinquième acte : « J'étais très loin, mais j'ai vu, j'ai vu, j'ai vu... Ah ! monsieur ! » Il était très loin : il est donc tout à fait explicable qu'il ait mal vu !

Quant au goût de l'alternance, il peut ici s'entendre en deux sens. C'est d'abord l'alternance entre le sérieux et le comique. Contrairement à ce que prescrivait Diderot dans le IIIe *Entretien sur « Le Fils naturel »*[26], Sedaine mêle, et assez heureusement, à notre goût, les scènes amusantes aux scènes attendrissantes ou édifiantes. Ainsi, au premier acte, les con-

---

26. « Il serait dangereux d'emprunter, dans une même composition, des nuances du genre comique et du genre tragique. Connaissez bien la pente de votre sujet et de vos caractères et suivez-la ».

versations entre Victorine et Antoine, Antoine et M. Vanderk père, sont suivies de l'arrivée de M<sup>lle</sup> Sophie Vanderk déguisée en marquise de Vanderville, aimable scène de comédie familiale, suivie elle-même de la scène où la jeune fille demande à son père sa bénédiction. Pareillement, le second acte s'ouvre par la découverte que fait Antoine du domestique de M. Desparville endormi dans le magasin, se continue par le monologue tragique de Vanderk fils puis par la conversation du père et du fils ; après quoi, le domestique du baron Desparville revient, toujours à moitié endormi, Vanderk père fixe un rendez-vous à son maître pour le lendemain, et l'on nous annonce l'arrivée de la Tante, qui bientôt fait une entrée fracassante et protectrice, etc.

Mais Sedaine ménage aussi, durant les cinq actes, une autre alternance : celle des scènes qui ont trait à la noce et des scènes qui regardent le duel. Ainsi, à l'acte IV, les trois premières scènes, entre Victorine et M. Vanderk, roulent sur l'absence de Vanderk fils ; puis survient la Tante, qui s'indigne que son neveu ne soit pas là pour lui donner la main et qui fait part à son frère de ses projets mirifiqes en faveur du jeune homme (IV, 4 et 5) ; après trois brèves scènes de transition, Vanderk père a un long entretien avec Antoine et lui donne ses instructions à propos du duel (IV, 9) ; enfin, M<sup>me</sup> Vanderk vient chercher son mari pour se rendre à l'église, et elle est bientôt rejointe par Sophie, son futur époux — et l'inévitable Tante !

\*

Comme le préconisait Diderot dans ses *Entretiens sur « Le Fils naturel »*[27], Sedaine a respecté les unités de temps et de lieu ; il les a même fait concourir au renforcement de l'émotion. En effet, l'unité de temps est aisément observée : il est près de neuf heures du soir au début de la pièce, et il est quatre heures de l'après-midi, le lendemain, lorsqu'elle se ter-

---

27. Voir le début du *Premier Entretien sur le Fils naturel.*

mine. Mais précisément, c'est la concomitance du duel et de la cérémonie du mariage qui renforce puissamment l'émotion : « Ah ! Dieu ! que ne donnerais-je pas pour reculer d'un jour, d'un seul jour... » s'écrie douloureusement Vanderk fils à l'acte II, scène 3[28].

De la même façon, l'unité de lieu souligne la tension psychologique et renforce l'effet de spectacle, loin de l'amoindrir. Le grand cabinet avec un secrétaire « chargé de papiers et de cartons » n'est pas seulement le centre nerveux de la maison d'un riche négociant ; il est un endroit tout différent du salon où vont se rassembler, en ce jour de fête, les parents et les amis des deux familles : on devine combien une figuration importante nuirait à la concentration dramatique et à l'intérêt. Le décor unique qui a été choisi pour les cinq actes permet d'éviter les scènes bruyantes et dispersées, et il est très significatif que le coefficient d'occupation moyenne de la scène[29] demeure généralement faible : il est de 2,8 au premier acte, monte à 3,4 au deuxième, tombe à 1,8 au troisième, remonte très légèrement au quatrième, où il dépasse à peine 2, et atteint de nouveau 3,4 au cinquième acte. Les monologues sont nombreux mais souvent très brefs : seize en tout, représentant environ 7 pour 100 de la longueur totale de la pièce[30] ; et les entretiens à deux personnages, au nombre de vingt-cinq, occupent près des deux tiers du texte (exactement 64,3 pour 100) : c'est bien le propre d'un cabinet qu'on puisse y parler privément et en toute commodité et discrétion !

Quant à l'unité d'action, elle semble très forte au premier examen et très aisément obtenue : la pièce n'a-t-elle pas pour

---

28. Cf. III, 11 : « Ah ! comme j'aurais voulu retarder d'un jour ! ».

29. Sur cette notion, je me permets de renvoyer à mon article publié dans les Mélanges offerts à Will G. Moore : « Sur l'occupation de la scène dans les comédies de Molière » (*Molière : Stage and Study*, Clarendon Press, 1973, p. 13 sqq.).

30. On l'a reproché à Sedaine, sans voir que le secret du duel exigeait de nombreux monologues.

objet de montrer comment l'emportement irraisonné d'un jeune homme peut causer le malheur de tout son entourage, pour reprendre la conclusion qu'Antoine tire de l'aventure à la fin du V$^e$ acte ? Mais c'est aller un peu trop vite en besogne, et confondre l'action avec la leçon morale qu'on peut tirer de la pièce. Quand on y regarde de près, on s'aperçoit que l'action, comme on a essayé de le montrer plus haut, est surtout un refus d'agir : M. Vanderk père refuse de détourner son fils de se battre quand il apprend toute l'histoire à l'acte III, et il le laisse sortir de sa maison ; puis il interdit toute action à Antoine et le dépêche seulement sur les lieux du combat ; enfin, à l'acte V, il n'hésite pas à rendre à M. Desparville le service qu'il est de son devoir d'honnête négociant de lui rendre. *Abstine ac sustine* : M. Vanderk père met admirablement en pratique la maxime stoïcienne plutôt qu'il n'agit.

En réalité, c'est une unité de héros que nous découvrons à travers les cinq actes, comme le titre même de la pièce nous y invite : c'est la grandeur simple de ce philosophe qui s'ignore que nous admirons, depuis son premier entretien avec Antoine et les directives qu'il lui donne pour la fête du lendemain, jusqu'à l'accueil qu'il réserve au baron Desparville, le père de l'adversaire de son fils. Du coup, ce qu'il peut y avoir de trop statique dans l'intrigue tourne à la louange du héros, qui ne cesse de donner des preuves tangibles de son intelligence, de sa lucidité, de sa maîtrise de soi.

Outre cette très sensible unité de héros, on constate dans *Le Philosophe sans le savoir* une unité thématique très forte, que j'appellerais volontiers poétique : toute la pièce est dominée et, si je puis dire, aimantée par le duel et par le secret dont s'entoure ce duel. C'est le duel qui est au centre de l'intrigue et qui fait de la pièce un drame, sinon une tragédie bourgeoise[31]. C'est, d'autre part, le duel qui symbolise

---

31. On notera à ce propos que Vanderk fils invoque par deux fois la fatalité : « Quelle fatalité ! Je ne voulais pas sortir... » (II, 3) ; « Vous pouvez m'en croire... Si la fatalité... » (III, 8).

l'ancien temps, la noblesse et l'épée, face à la lettre de change, signe du négoce, du développement des richesses, de l'avenir. Enfin, le duel permet en quelque sorte à Sedaine de « fermer le cercle » : c'est parce qu'il s'est jadis battu en duel et qu'il a eu le « bonheur cruel de tuer son adversaire » que Vanderk père a été contraint de quitter sa province, de changer de nom et d'embrasser la profession de négociant, et il craint maintenant que le Ciel ne le punisse « autant qu'*il* doit l'être »[32]. A la scène 4 de l'acte II, on aura peut-être remarqué les répliques suivantes, entre le père et le fils :

> — ... *Nous nous battîmes.*
> — *Vous vous battîtes ?*
> — *Oui, mon fils.*
> — *Au pistolet ?*
> — *Non, à l'épée.*

Vanderk fils s'est presque trahi en posant cette dernière question, et ces répliques auront un écho saisissant au IIIe acte, mais cette fois c'est le père qui interrogera :

> — *Quelle épée avez-vous là ?*
> — *J'ai mes pistolets.*
> — *Vos pistolets ! L'arme d'un gentilhomme est son épée.*
> — *Il a choisi*[33].

Mais il faut insister également sur le secret. La particularité de ce drame n'est-elle pas de reposer entièrement sur un secret, le secret du duel des deux jeunes officiers ? Ne pourrait-on pas dire que les trois premiers actes sont consacrés à l'élucidation du secret, tandis que les deux derniers roulent sur la préservation du secret ? Par rapport au secret, on peut distinguer, parmi les personnages, ceux qui savent tout, ceux qui ont des soupçons — et ceux qui ignorent tout et qui prononcent, sans s'en rendre compte, des mots terribles pour

---

32. Tous ces mots sont empruntés à la scène 9 de l'acte IV.
33. III, 8.

ceux qui savent[34]. C'est cette pesanteur, cette hantise, j'allais dire cette menace du secret qui apparente très profondément *Le Philosophe sans le savoir* à une tragédie : à *Bérénice*, à *Phèdre*, à *Iphigénie* ou à *Athalie*.

\*

Pour conclure d'un mot ce rapide examen de la dramaturgie qui est à l'œuvre dans *Le Philosophe sans le savoir*, je voudrais insister sur les capacités de praticien qu'y déploie Sedaine. Certes, Diderot et après lui Beaumarchais sont de grands théoriciens du genre dramatique sérieux, et Sedaine, de ce point de vue, leur est terriblement inférieur, comme l'indiquent les quelques réflexions qu'il a écrites sur son chef-d'œuvre et que nous a conservées Pixérécourt[35]. Mais il avait le sens profond de l'intensité dramatique, des moyens qui permettent d'y atteindre et, quand on l'a atteinte, de la faire valoir, et il les a remarquablement mis en jeu.

## V

## LE STYLE

Depuis plus de deux siècles, on a constamment loué Sedaine pour le naturel de l'expression dans *Le Philosophe sans le savoir*. Diderot écrit à Grimm, au lendemain de la première représentation :

> *Mais une chose dont vous ne parlez point et qui est pour moi le mérite incroyable de la pièce, ce qui me fait tomber les bras..., c'est le naturel sans aucun apprêt, c'est l'éloquence la plus vigoureuse sans l'ombre d'effort ni de rhétorique*[36].

---

34. Ainsi la Tante en IV, 4 (« Il faut me le trouver mort ou vif »), ou M^me Vanderk au début de IV, 11 (« Lorsqu'il va revenir, il ne pourra nous rejoindre »), ou M. Desparville vantant l'adresse de son fils (V, 4).

35. Voir ci-dessous p.132-133.

36. Grimm, *Correspondance littéraire,* éd. M. Tourneux, t. VI, p. 441.

Et Grimm lui-même s'adresse en ces termes à notre auteur :

> *Oh ! Sedaine, j'aime mille fois mieux ton style un peu sauvage et heurté, que de te voir tomber dans ces pauvretés*[37]. *Mais, Dieu merci, tu taillais la pierre, pendant que les poètes, tes confrères, apprenaient la rhétorique. Heureusement pour nous, tu n'as pas appris à faire des phrases...*[38].

Et l'on pourrait multiplier les citations qui vont dans le même sens.

Disons sans plus attendre que ces louanges sont entièrement fondées. Alors que bien des contemporains de Sedaine se laissent aller aux séductions de l'emphase la plus creuse — à commencer par Diderot dans *Le Fils naturel* ou *Le Père de famille* —, notre auteur sait se garder de toute enflure. Écoutez, par exemple, M. Vanderk qui vient d'apprendre le duel de son fils :

> *— Ah ! mon fils, pourquoi n'avez-vous pas pensé que vous aviez un père ? Je pense si souvent que j'ai un fils !*[39].

Ou encore (c'est une phrase que Diderot admirait beaucoup) :

> *— Infortuné ! ... Je me suis couché le plus tranquille, le plus heureux des pères, et me voilà !*[40]

Même quand il s'exprime avec solennité, M. Vanderk le fait avec beaucoup de mesure et en appropriant toujours son discours aux circonstances, ce qui lui permet d'éviter la banalité ampoulée ou le pathétique grandiloquent. Ainsi, relevant sa fille qui voulait lui demander sa bénédiction, il lui dit avec bonté :

---

37. *Les tirades*, les *maximes*, les *déclamations théâtrales*, tout ce *faux et pitoyable attirail de nos auteurs dramatiques* dont Grimm vient de parler.

38. Grimm, *Correspondance littéraire*, éd. cit., t. IV, p. 443.

39. III, 8.

40. III, 9.

> — *Ma fille, épargne à ta mère et à moi l'attendrissement d'un pareil moment. Toutes nos actions, jusqu'à présent, ne tendent qu'à attirer sur toi et sur ton frère toutes les faveurs du Ciel. Ne perds jamais de vue, ma fille, que la bonne conduite des père et mère est la bénédiction des enfants*[41].

Ainsi encore, se mettant à la tête du cortège nuptial :

> — *Allons, belle jeunesse. Madame, nous avons été ainsi. Puissiez-vous, mes enfants, voir un pareil jour* (à part) *et plus beau que celui-ci !*[42]

Une seule fois, le personnage s'abandonne à apostropher des abstractions et à multiplier les exclamations, les hyperboles, les antithèses, les anaphores, les redondances : c'est dans le court monologue qui occupe la scène 12 de l'acte III. Mais aussitôt, pour terminer l'acte sur un ton qui est plus habituel à l'homme d'affaires, voyez quelles répliques sèches et coupantes Sedaine a mises dans la bouche de son héros :

> — *Vous l'avez laissé partir !*
> — *Que rien ne transpire ici !*
> — *Il est déjà jour chez Madame, et s'il allait monter chez elle !...*
> — *Il est parti... Viens, suis-moi, je vais m'habiller*[43].

Au reste, notre auteur refuse la « punctuomanie » de Diderot, c'est-à-dire l'emploi abusif des points de suspension marquant des constructions interrompues. Lorsqu'il emploie ces points de suspension, c'est seulement pour orienter la diction du comédien, mais il est aisé, même pour le lecteur non prévenu, de rétablir l'ordre syntaxique. On peut s'en convaincre en relisant le monologue de Vanderk fils du début du IIe acte :

---

41. I, 8.
42. IV, 12.
43. III, 13.

> — *Quelle fatalité ! Je ne voulais pas sortir ; il semblait que j'avais un pressentiment. Les commerçants... les commerçants... c'est l'état de mon père, et je ne souffrirai jamais qu'on l'avilisse. Ah, mon père, mon père, un jour de noces ! Je vois toutes ses inquiétudes, toute sa douleur, le désespoir de ma mère, ma sœur, cette pauvre Victorine, Antoine, toute une famille*[44].

Nulle part nous ne trouvons chez Sedaine de ces mots-cris comme on en rencontre dans *Le Fils naturel* ou dans *Le Père de famille*[45].

Terminons ce chapitre du style par deux remarques nécessaires.

La première est que Sedaine paie parfois la rançon de son naturel en commettant certaines impropriétés. Selon toute vraisemblance, il écrit très vite, il n'est pas toujours assez regardant sur les mots qui se pressent sous sa plume, et il lui arrive de prendre un mot pour un autre. A l'acte II, scène 4, il fait dire à M. Vanderk père : « ... Nous sommes sur la superficie de la terre autant de fils de soie qui lient ensemble les nations... ». On attendrait plutôt : sur la surface de la terre. Et, au début de la scène 11 de l'acte IV, M$^{me}$ Vanderk dit à son mari : « Antoine a l'air bien effarouché. » Nous dirions de préférence : bien effaré, et il est probable qu'on disait déjà ainsi en 1765. Mais de quelle conséquence peuvent bien être de pareilles vétilles ?

D'autant que cette rapidité d'écriture connaît des réussites incontestables, qui sont précisément dues au sentiment intime des mouvements spontanés du dialogue. C'est le cas des dialogues reproduits à l'intérieur d'un récit, comme dans cette première scène de la pièce, où Victorine fait part à son père de ses inquiétudes :

---

44. II, 3.

45. Par exemple : « Dans quelles ténèbres suis-je tombé ?... O Rosalie ! ô vertu ! ô tourment ! » (*Le Fils naturel,* II, 7, fin) ; autres exemples dans *Le Père de famille* : II, 9, ou IV, 4 et 5, ou V, 6.

> VICTORINE : *Il y avait plusieurs messieurs qui attendaient leur tour, et qui causaient ensemble. L'un d'eux a dit : « Ils ont mis l'épée à la main, nous sommes sortis, et on les a séparés. »*
> ANTOINE : *Qui ?*
> VICTORINE : *C'est ce que j'ai demandé. « Je ne sais, m'a dit l'un de ces messieurs, ce sont deux jeunes gens : l'un est officier dans la cavalerie, et l'autre dans la marine. — Monsieur, l'avez-vous vu ? — Oui. — Habit bleu, parements rouges ? — Oui. — Jeune ? — Oui, de vingt à vingt-deux ans. — Bien fait ? » Ils ont souri : j'ai rougi, et je n'ai pas osé continuer*[46].

C'est aussi le cas de certains échanges saisissants de prestesse qui donnent l'impression d'être la transcription de sténographies prises sur le vif. Par exemple, cette fin de la dernière scène du premier acte :

> VICTORINE : *Vous m'avez bien inquiétée. Une dispute dans un café ?*
> M. VANDERK FILS : *Est-ce que mon père sait cela ?*
> VICTORINE : *Est-ce que cela est vrai ?*
> M. VANDERK FILS : *Non, non, Victorine.*
> VICTORINE : *Ah ! que cela m'inquiète !*

## VI

## LES PERSONNAGES

On trouve dans *Le Philosophe sans le savoir* au moins un personnage comique, sinon deux : la Marquise sœur de M. Vanderk père, *alias* la Tante, et le vieux baron Desparville : ils me paraissent tous deux entretenir une certaine parenté avec des personnages de Molière, sans qu'on puisse dire exactement lesquels ; ils sont hauts en couleur, réjouissants chacun dans son genre, et, si je puis l'ajouter, rassurants : car le spectateur doit raisonnablement penser que de tels fanto-

---

46. I, 1, Cf. III, 5 ; V, 3 ; V, 11 fin.

ches lui garantissent un dénouement non tragique[47]. En particulier, la bonhomie de cette vieille et respectable baderne de baron Desparville nous laisse bien augurer de l'issue du combat !

Plus intéressants, mais encore schématiques sont les deux jeunes officiers. Le rôle du fils Desparville tient en quelques mots, mais ces quelques mots suffisent pour nous faire voir un jeune homme féru de point d'honneur, et aussi généreux et sensible à la camaraderie entre soldats. Quant à Vanderk fils, il a des côtés de petit-maître qui expliquent que ce soit le célèbre Molé, spécialisé dans cet emploi, qui ait été chargé du rôle en 1765 : il est léger, irréfléchi (voire gaffeur avec son père, au second acte) ; mais il a bon fond, il est capable d'imaginer la peine qu'il va causer et il pense à laisser à Victorine un petit cadeau de belle amitié. Décidément, un petit-maître sympathique !

Victorine, elle, est touchante, à force de spontanéité, de pudeur, de gracieuse tendresse. Écoutez-la qui se justifie devant son père de s'alarmer pour Vanderk fils :

> — *Eh ! mon papa, après vous, qui voulez-vous donc que j'aime le plus ? Comment ! c'est le fils de la maison, feu ma mère l'a nourri, c'est mon frère de lait, c'est le frère de ma jeune maîtresse, et vous-même vous l'aimez bien*[48].

Quelle impétuosité de parole ! Et pourtant, quelle retenue, quelle adresse instinctive, quel art de ménager son père et en même temps quelle ingénuité dans l'aveu ! Toutes les scè-

---

47. Cette règle coutumière souffre des exceptions. Ainsi, dans *On ne badine pas avec l'amour,* ni Maître Blazius ni Dame Pluche n'empêchent le dénouement tragique que l'on sait. Mais Sedaine écrit plus d'un demi-siècle avant le Romantisme, et Musset est Musset !
— D'autre part, la Tante rappelle par certains côtés le Commandeur que Diderot a dessiné dans *Le Père de famille* ; mais Sedaine a eu l'habileté de la traiter sur le mode ridicule, et non sur le mode odieux !

48. I, 1.

nes où elle parle à Vanderk fils, voire à Vanderk père, reflètent à ravir la fraîcheur de ce caractère de jeune fille élevée avec les enfants de la famille, affectueuse et vive, intelligente et sentimentale, délicate et primesautière... Cent fois plus digne d'attention qu'Antoine, son père, le type même de l'homme de confiance, dévoué, bougon mais plein de bon sens, infatigable et attendrissant — pour tout dire terriblement conventionnel[49] !

Reste M. Vanderk père, qui est manifestement la réussite de toute la pièce. Nous avons déjà indiqué le stoïcisme, la présence d'esprit dont fait preuve cet « honnête négociant » aux moments les plus critiques. Nous avons également souligné le sens du service dont a hérité ce fils et petit-fils d'officiers. Ajoutons que cette fermeté généreuse n'entraîne aucune raideur, bien au contraire. En particulier, il est intéressant d'observer l'évolution qui se dessine en lui au fil des actes. Au début, il se présente comme l'honnête homme à qui tout a toujours réussi et qui a tout lieu d'être content de lui : « Ne perds jamais de vue, ma fille, déclare-t-il en toute bonne conscience, que la bonne conduite des père et mère est la bénédiction des enfants ». Mais au petit matin, lorsqu'il apprend que son fils part pour se battre en duel, il chancelle et doit s'appuyer sur le dos d'une chaise. L'instant d'après, resté seul, il s'écrie : « Infortuné ! Comme on doit peu compter sur le bonheur présent ! »[50] A l'acte suivant, il est comme saisi d'un remords, il craint d'être châtié dans son fils pour s'être battu en duel autrefois, et il dit à son homme de confiance : « Mais, Antoine, si le Ciel me punit autant que je dois l'être, s'il dispose de mon fils... je suis père, et je crains mes premiers mouvements... »[51]. Peu après, il tient à sa femme des propos où

---

49. Le personnage d'Antoine a peut-être été inspiré à Sedaine par le personnage d'André qui, dans *Le Fils naturel,* a autant dire sauvé la vie à son vieux maître (voir *Le Fils naturel,* III, 7).

50. Respectivement I, 8 et III, 8 et 9.

51. IV, 9.

perce très clairement son angoisse devant les prochaines heures :

> *— Laissez-moi respirer, et permettez-moi de ne penser qu'à votre satisfaction ; votre santé me fait le plus grand plaisir : nous avons tellement besoin de nos forces, l'adversité est si près de nous, la plus grande félicité est si peu stable, si peu...*[52]

Constatons enfin qu'un défaut assez sensible concourt à rapprocher Vanderk père de l'humanité moyenne, et c'est la timidité devant les préjugés de caste qu'il a conservés. Pour lui, la question de ne pas obéir au code du point d'honneur et du duel ne se pose pas un instant, car ce serait là, très profondément, déroger, ou, pis encore, se renier. Les justifications qu'il se donne à lui-même ou qu'il fournit à Antoine sont très faibles, si l'on veut bien les peser avec soin. A l'acte III, scène 8, il dit à son fils, mais il se parle en même temps à lui-même :

> *— Je suis bien loin de vous détourner de ce que vous avez à faire.* (Douloureusement.) *Vous êtes militaire, et quand on a pris un engagement vis-à-vis du public, on doit le tenir, quoi qu'il en coûte à la raison, et même à la nature.*

Et à Antoine qui s'insurge de toute la force de son bon sens contre l'absurdité du duel qui se prépare, et qui lui reproche de n'avoir pas « accommodé cette affaire », il ne sait que répondre :

> *— L'accommoder ! Tu ne connais pas toutes les entraves de l'honneur. Où trouver son adversaire ? Où le rencontrer à présent ? Est-ce sur le champ de bataille que de pareilles affaires s'accommodent ?*[53] *Et n'est-il pas*

---

52. IV, 11.

53. C'est pourtant ce qui aura lieu effectivement quand, après avoir tiré en l'air, Vanderk fils présentera ses excuses au fils Desparville ! Tout compte fait, le petit-maître risque d'avoir plus d'imagination que son « philosophe » de père !

> *contre les mœurs et contre les lois que je paraisse en être instruit ? Et si mon fils eût hésité, s'il eût molli, si cette cruelle affaire s'était accommodée, combien s'en préparait-il dans l'avenir ! Il n'est point de demi-brave, il n'est point de petit homme qui ne cherchât à le tâter ; il lui faudrait dix affaires heureuses pour faire oublier celle-ci. Elle est affreuse dans tous ses points, car il a tort*[54].

Plus encore, lorsqu'il aperçoit son fils qu'il a cru mort, au début de la scène 12 de l'acte V, il ne trouve à lui dire que : « Mon fils !... Je t'embrasse... Je te revois sans doute honnête homme ? » En bon français : Tu ne t'es pas tiré d'affaire par une lâcheté ? Tu n'as pas « molli » ?

En d'autres termes, Vanderk père est sans doute un « athlète », pour reprendre le mot de Sedaine dans l'Avant-propos de son Appendice[55] : il possède une indiscutable force d'âme. Mais ce n'est pas un athlète « philosophe », car il ne tente nullement de réagir contre cette *coutume barbare* qu'est le duel (pour parler le langage de l'*Encyclopédie*)[56], et, en définitive, il n'a pas le courage de se libérer, en usant de la puissance et de la considération qu'il s'est acquises, de ces préjugés d'un autre âge. Par là, il est sans doute plus près de la majorité des gens de son milieu, il est d'une médiocrité émouvante. « *Il* voit toute la cruauté d'un préjugé terrible et *il* y cède en gémissant », écrit Sedaine dans l'Avant-propos de son Appendice. En somme, il a bien raison de ne pas se croire philosophe, car en vérité il ne l'est guère. Il continue de rai-

---

54. IV, 9.

55. Voir ci-après p. 130.

56. L'article *Duel* figure au tome V de l'*Encyclopédie,* Paris, 1755, p. 159-164, et a été rédigé par M. d'Argis. Après avoir condamné à plusieurs reprises le duel comme une *coutume barbare,* l'article se termine ainsi : « L'analyse qui vient d'être faite des derniers règlements concernant les duels prouve que l'on apporte présentement autant d'attention à les prévenir et les empêcher que l'on en avait anciennement pour les permettre ».

sonner en gentilhomme, au sens le plus ancien et le plus traditionnel de ce terme, c'est-à-dire en homme d'épée[57].

## VII
## LA PRÉSENTE ÉDITION

Quelles sont les sources dont nous disposons pour l'établissement du texte du *Philosophe sans le savoir* ? Ce sont, par ordre d'importance :
— des éditions ou émissions publiées entre 1766 et 1769, avec un Appendice rectificatif inséré par les soins de Sedaine dans certains exemplaires des deux premières éditions ;
— le manuscrit du souffleur de 1765, ou plutôt les témoins qui en subsistent ;
— quelques variantes tardives, qui datent de la Révolution.

A. *Les éditions publiées par Sedaine.*

1. L'édition originale paraît au début de 1766 (approbation du censeur Marin en date du 20 février). Nous la désignons par le sigle 1766-I ; en voici la description (titre encadré) :

**LE PHILOSOPHE / SANS LE SAVOIR,** / comedie en prose / et en cinq actes, / *Représentée par les Comediens François ordinaires du Roi,* le 2 Novembre 1765. / *Par* **M. SEDAINE** / Le prix est de trente sols / [Vignette] / A PARIS, / Chez CLAUDE HERISSANT, Libraire-Imprimeur, rue / Neuve Notre-Dame, à la Croix d'or / M. DCC. LXVI. / *Avec Approbation et Privilège du Roi.* [B.N., 8° Y th 14131, in-8° : [4] — 95 p. + 16 p. d'Appendice, *errata*). [Il existe une autre édition sous la même date, sans les *errata* et de pagination réduite destinée vraisemba-

---

57. Ajoutons que le même orgueil de caste se devine chez Madame Vanderk, qui appartient sûrement à une famille d'épée, et qui parle avec une affectueuse condescendance, en IV, 11, de la noblesse de robe (« Ma fille... mon gendre, toute cette famille est si respectable, si honnête, la bonne robe est sage comme les lois »).

blement à compléter les recueils factices d'œuvres de Sedaine. Cette édition ne comporte pas l'Appendice : titre non encadré, 61 p. paginées 1-59 57-58, in-8° : Archives de la Comédie-Française].

2. Peu après est publiée une « 2e » édition, datée également de 1766. Nous la désignons par le sigle 1766-II ; en voici la description (titre encadré) :

**LE PHILOSOPHE / SANS LE SCAVOIR, / COMEDIE EN CINQ ACTES** / ET EN PROSES, / *Représentée par les Comédiens François / ordinaires du Roi le 2 Décembre [sic] 1765.* / Par **M. SEDAINE.** / SECONDE ÉDITION. 5 TRENTE SOLS BROCHÉ. / [Vignette] / A PARIS, / Chez CLAUDE HERISSANT, Libraire-Imprimeur, rue / Neuve Notre-Dame, à la Croix d'or. / M. DCC. LXVI. / *Avec Approbation et Privilège du Roi.*
[B. Sorbonne, L F 286, in-8°, *errata* de la première édition corrigés : 119-(1) p. + 18 p. d'Appendice + 2 p. de catalogue Herissant pour les « Pieces de theatre. De M. Sedaine », etc., qui ne se trouvent pas dans tous les exemplaires].

3. En 1769 est publiée une nouvelle édition, que nous désignons par le sigle de 1769 et dont voici la description :

**Le Philosophe / sans le sçavoir,** / comédie en prose, / et en cinq actes, / Représentée par les Comédiens François ordinaires du Roi, le 2 Novembre 1765. / *Par Monsieur Sedaine* / [Vignette] / ***A PARIS,*** / Par la Compagnie des Libraires / M. DCC. LXIX. / *Avec Approbation et Permission.*
[B. Arsenal : Douay G D 16065, in-8°, 71 p.]. (Il s'agit d'une émission avec titre de relais pour : Paris, Claude Herissant, 1767, in-8° : Archives de la Comédie-Française).

4 et 5. Enfin, en 1772, en 1777 et en 1778 sont publiées trois éditions très fautives et sans intérêts pour l'histoire du texte :

• « Nouvelle édition », Avignon, Louis Chambeau 1772, in-8°, 53 p. [Archives de la Comédie-Française].

• « Nouvelle édition », Paris, Delalain 1777, in-8°, 47 p. (en fait : Avignon, Jacques Garrigan) [Archives de la Comédie-Française].

- Paris, Didot l'aîné, 1778, in-8°, 95 p. (en fait : Avignon, frères Bonnet) [Archives de la Comédie-Française].

### B. *L'Appendice rectificatif.*

Sedaine a fait insérer dans certains exemplaires des deux premières éditions, soit à la fin de la pièce, soit dans le corps du texte, un Appendice paginé à part qui reproduit « les scènes telles qu'elles étaient avant d'être changées » sous les injonctions de la censure ou pour tenir compte des réactions du public lors des premières représentations. Cet appendice n'a pas de titre, et commence par un Avant-propos que l'on trouvera à la fin du présent volume : c'est notre Annexe II.

### C. *Le manuscrit du souffleur de 1765.*

La Comédie-Française possédait un manuscrit du souffleur de 1765 qui laissait voir, sous les ratures imposées par la censure, le texte primitif. Ce manuscrit n'est plus accessible, mais on peut en reconstituer la teneur d'après deux témoins qui en subsistent :

— un second manuscrit du souffleur rédigé en 1875, à l'occasion d'une reprise où l'on voulait jouer le texte primitif écrit par Sedaine ;

— une édition de la pièce donnée à Paris, en 1880, par Georges d'Heylli d'après le manuscrit du souffleur de 1765.

L'examen du texte ainsi conservé montre que Sedaine ne s'est pas borné à reproduire dans son Appendice rectificatif sont texte initial tel qu'il se présentait avant toute intervention de la censure, mais qu'il a procédé à quelques additions et à quelques suppressions par rapport à ce texte initial : notamment il a ajouté dans son Appendice des déclarations de tolérance à l'endroit des protestants mises dans bouche de M. Vanderk[58].

### D. *Quelques variantes tardives.*

Il s'agit là de quelques variantes introduites par Sedaine sous la Révolution, selon toute vraisemblance pour les deux

---

58. Voir II, 5 (ci-après p. 40) et V, 4 (ci-après p. 101).

représentations données en 1793, et rapportées par Auguste Rey dans son livre *La Vieillesse de Sedaine,* d'après un exemplaire provenant de la famille de l'auteur. Ces variantes, qui traduisent le souci évident de plaire aux Montagnards, crainte du pire, n'ont qu'un intérêt historique et n'ont pas à figurer dans notre apparat critique[59].

\*

Pour l'établissement du texte de la pièce, nous nous devions de respecter le désir formellement exprimé par Sedaine de voir substituer le texte de son Appendice aux endroits correspondants des éditions corrigées selon les exigences de la censure.

Mais, en dehors de ces passages, quelle édition de la pièce devions-nous choisir comme texte de base ? Une comparaison détaillée de la 1re et de la 2e édition de 1766 nous a fait préférer l'édition originale. En effet, sur 27 divergences cons-

---

59. Par exemple, au lieu de : « J'ai craint que l'orgueil d'un grand nom ne devînt le germe de vos vertus » (II, 4, fin, ci-dessous p. 38), on lisait : « J'ai craint que le misérable préjugé de la naissance, qui ne sert que d'aliment à l'orgueil et à l'ambition, j'ai craint que le sot préjugé que la raison fera un jour disparaître ne devînt le germe de vos vertus ». Au lieu des derniers mots prononcés par Antoine à la fin de la pièce (« Ah ! jeunes gens, jeunes gens, ne penserez-vous jamais que l'étourderie même la plus pardonnable peut faire le malheur de tout ce qui vous entoure ? », ci-dessous p. 119), on trouvait cette proclamation verbeuse : « Ah ! jeunes gens, jeunes gens, ne penserez-vous jamais que votre sang est à la patrie, et ne doit être versé que pour elle ? Oui, tout citoyen qui, pour une querelle particulière, veut plonger ses armes dans le sein d'un autre citoyen, est un scélérat qui attaque un des défenseurs de la patrie. Hé ! si la prévention, la colère, la vengeance, la déraison vous insulte et vous provoque, les lois ne sont-elles pas là pour vous venger ? » Il est vrai que, dans le même exemplaire où Auguste Rey a relevé ces variantes, figure cette note de la main de Sedaine : « Voir les changements que la police d'alors me força de faire ; remettez comme cela devait être ». Tous ces détails sont empruntés à Auguste Rey, *La Vieillesse de Sedaine,* p. 61-62.

tatées entre ces deux éditions, la leçon de la 2ᵉ édition n'était préférable que dans trois cas à celle de la 1ʳᵉ : il s'agissait de deux omissions et d'une simple coquille[60]. Partout ailleurs, soit dans 24 endroits sur 27, l'édition originale fournissait évidemment le meilleur texte. Par exemple, vers la fin de la scène 4 de l'acte Iᵉʳ, 1766-II change la numérotation des scènes à cause de l'entrée et de la sortie de Victorine, ce qui est une complication inutile : au début de la scène 6 de ce même acte Iᵉʳ, Sophie Vanderk dit à sa mère : « Ah ! maman, papa s'est moqué de moi ! », ce qui est plus naturel et plus cohérent que la leçon de 1766-II (« Ah ! Maman, mon cher père s'est moqué de moi ! ») ; un peu plus loin, 1766-I donne : « Je ne suis pas une voleuse », ce qui est plus naturel et mieux en situation que la leçon de 1766-II (« Je ne suis pas une trompeuse »), car on se défend plus souvent d'être une voleuse que d'être une trompeuse, et, d'autre part, Sophie Vanderk vient de recevoir trente louis de son père ; enfin, dans le monologue qui occupe la scène 3 de l'acte II, la leçon de 1766-I (« c'est l'état de mon père, et je ne souffrirai jamais qu'on l'avilisse ») est plus conforme à la propriété des termes que celle de 1766-II (« qu'on l'humilie »), etc.

On trouvera donc ici le texte de l'édition originale, corrigé en tant que de besoin par l'Appendice. De plus, nous avons parfois préféré, parce qu'elles étaient plus claires, les indications de scène de 1766-II à celles de 1766-I. Les notes fourniront les variantes éventuelles :

— celles des éditions (de 1766-I, de 1766-II et de 1769) quand le texte de l'Appendice leur sera préféré ; pour des soucis de clarté, nous avons donné en Annexe I la version imposée par la censure pour toute la fin de l'acte III, c'est-à-dire le texte des éditions ;

— celles de l'édition de 1766-II ;

— celles du manuscrit du souffleur.

\*

---

60. Voir ci-dessous p. 9, note 4, p. 94, note 11, pour les omissions, et p. 85, note 5, pour la coquille.

Pour la commodité du lecteur, nous avons modernisé l'orthographe ainsi que la ponctuation. Nous avons également tenté, là où cela s'imposait, de fournir sur tel mot vieilli ou difficile des éclaircissements indispensables. Enfin, nous avons imprimé, après le texte de la pièce :

— la version imposée par la censure pour la fin de l'acte III (Annexe I) ;

— le préambule que Sedaine a mis en tête de l'Appendice donnant le texte authentique de sa pièce (Annexe II) ;

— un extrait de *Quelques réflexions de Sedaine sur l'Opéra-Comique* publiées par Pixérécourt en 1843 (Annexe III) ;

— le nombre des représentations de la pièce, année par année, à la Comédie-Française (Annexe IV).

## VIII

### CONCLUSION

Pourquoi *Le Philosophe sans le savoir* mérite-t-il de nous intéresser encore ? Telle est la question à laquelle nous voudrions répondre brièvement, pour finir.

D'abord, c'est une bonne, une très bonne pièce, peut-être la meilleure production dramatique de la seconde moitié du XVIII$^e$ siècle, si l'on fait abstraction des œuvres de Marivaux et de Beaumarchais, traditionnellement classés hors concours : c'est une pièce qui est émouvante sans être tragique, bien écrite, bien construite, et qui constitue la réalisation la plus achevée dans ce « genre dramatique sérieux » dont Diderot puis Beaumarchais ont fait brillamment la théorie. Pour s'en convaincre, il n'est que de relire, je ne dis pas *Le Fils naturel, Le Père de famille* ou *Eugénie,* mais même *Les Deux Amis ou le Négociant de Lyon* : on verra aisément que *Le Philosophe sans le savoir* donne une impression de naturel et de vraisemblance qui nous atteint beaucoup plus que l'histoire du vertueux Aurelly, que j'intitulerais volontiers, si j'osais : « Le banqueroutier sans le savoir »[61]. N'est-ce pas

---

61. A la veille d'une échéance où Aurelly, riche négociant de Lyon,

surtout dans notre pièce que l'on trouve, pour reprendre les mots mêmes de Beaumarchais, « la peinture touchante d'un malheur domestique, d'autant plus puissante sur nos cœurs qu'il semble nous menacer de plus près »[62] ? Il y a quinze ans, Jacques Truchet terminait la notice consacrée au *Philosophe* par ces lignes : « De tous les drames du XVIIIe siècle, celui-ci est resté le plus longtemps jouable. Peut-être l'est-il encore, et l'on aimerait le voir monté pour la télévision : son caractère « intimiste » s'y prêterait certainement »[63]. Je partage entièrement cet avis ; j'irais même jusqu'à dire que ce drame me paraît promis à de belles reprises, si l'on ose les décider.

D'un autre côté, *Le Philosophe sans le savoir* est un merveilleux miroir de la sensibilité de son époque. Sensibilité volontiers larmoyante, sans aucun doute : de ce point de vue, il faut apprécier à leur juste valeur la scène où la jeune Sophie, qui vient d'essayer ses diamants et de mettre pour la première fois « un peu de rouge », se fait annoncer sous le nom de marquise de Vanderville et présente à son père un prétendu billet à ordre, ou encore la scène où la jeune fille demande à ses parents leur bénédiction ; tout cela était difficile à traiter, mais Sedaine s'en est fort bien acquitté, montrant de la discrétion, de la mesure, et mettant beaucoup de naturel dans le dialogue[64]. Et, parallèlement à la sensiblerie, Sedaine a

---

doit payer six cent mille livres, on apprend que tous les fonds qu'il devait recevoir de Paris sont bloqués par le décès quasi subit de son correspondant parisien. Comme Aurelly ne se doute pas du malheur qui le menace, son ami Mélac, receveur général des fermes, va tout faire pour lui trouver les fonds nécessaires, etc.

62. *Essai sur le genre dramatique sérieux*, en préface à *Eugénie,* dans *Théâtre* de Beaumarchais, Pléiade, p. 8.

63. *Théâtre du XVIIIe siècle*, éd. cit., t. II, p. 1449.

64. Voyez, par exemple, la réflexion que M. Vanderk père fait en aparté à Antoine à la scène 5 (« Elle n'est pas mal »), ainsi que la réponse d'Antoine (« Ah ! monsieur, qu'elle est belle comme cela ! »), ou encore, à la scène 6, la question de Mme Vanderk à son

remarquablement suggéré la dureté des mœurs d'alors. Vanderk père « voit toute la cruauté d'un préjugé terrible » et « y cède en gémissant »[65]. Mais le baron Desparville, dans sa bravoure en peu fanfaronne de vieil officier, est également un bon témoin de cette dureté des mœurs ; écoutez-le qui réplique à Vanderk père : « ... Je ne crains rien ; mon fils est brave, il tient de moi, et adroit ! A vingt pas, il couperait une balle en deux sur une lame de couteau... »[66].

Surtout, *Le Philosophe sans le savoir* reflète admirablement les incertitudes et les contradictions caractéristiques de ce dernier tiers de siècle qui précède la Révolution. Certes, M. Vanderk père est un « philosophe » ; il proclame hautement devant son fils qu'un « préjugé n'est rien aux yeux de la raison »[67]. Mais il cède continuellement aux préjugés. Nous l'avons vu, il a la religion du point d'honneur et respecte le code du duel, quelque « barbare » qu'il soit. D'autre part, il a beau dire qu'un « honnête négociant » ne déroge pas, il marie sa fille à un magistrat et il a fait de son fils un officier. Il lui arrive de dire à ce dernier, dans la première conversation qu'il a avec lui : « Dans un siècle aussi éclairé que celui-ci, ce qui peut procurer la noblesse n'est pas capable de l'ôter »[68]. Mais ces paroles ne doivent pas faire illusion : elles ne signifient pas que l'on peut être à la fois et en même temps négociant et gentilhomme ; elles renvoient seulement à la possibilité qu'ont les gens riches d'acheter à beaux écus comptants une charge ou un office procurant la noblesse et

---

mari (« Comment la trouvez-vous ? ») et la réponse de ce dernier (« Fort bien »).

65. Ci-dessous p. 129.

66. V, 4, ci-dessous p. 105.

67. II, 4, ci-dessous p. 36. On notera qu'à côté du vocabulaire « philosophique » qu'emploie M. Vanderk père dans cette scène (*préjugé, raison, magistrat, lois, guerrier, patrie*) figurent plusieurs mots qui trahissent le gentilhomme, et plus précisément l'homme d'épée (*hauteur, honneur, aïeux, ancêtres, tache, nom, se faire obéir, servir*).

68. *Ibid.*

de devenir nobles avec le temps, en vivant noblement, c'est-à-dire en dépensant largement, mais sans exercer d'activité mercantile.

Au fond, rien n'est substantiellement changé depuis l'époque — à la fin du XV$^e$ ou au début du XVI$^e$ siècle — où les Eyquem acquéraient le domaine noble de Montaigne, après s'être enrichis dans le commerce des vins, du poisson et du pastel. Tout compte fait, Sedaine n'imagine pas l'essor de la banque, du négoce et de l'industrie qui va marquer le XIX$^e$ siècle, et la consécration sociale immense qui en résultera pour ceux qui en seront les auteurs. Il ne sait pas que les grands hommes s'appelleront bientôt Necker, Perrégaux, Laffitte, Rothschild, et seront d'origine purement roturière. Au lieu de cela, il fait de son Philosophe un homme de qualité déguisé en roturier par les hasards et les infortunes de la vie, ce qui n'est pas du tout la même chose[69]. Sachons-lui gré, toutefois, d'avoir prêté à son héros une tirade éloquente sur l'importance grandissante du grand négoce, d'avoir pressenti les développements à venir et les transformations sociales qui en seront la conséquence. Mais il n'était pas devin, et il ne croyait pas que l'ordre des choses que l'on avait toujours connu jusqu'alors pût un jour se déranger. En quoi il était bien de son temps !

---

69. De ce point de vue, l'Aurelly de Beaumarchais, qui vient d'être anobli, a une attitude très différente de celle de Vanderk père. Voyez ce qu'il raconte à son ami Mélac à propos d'une rencontre qu'il vient de faire d'un noble de fraîche date : « Celui-ci, qui jusqu'à l'époque de mes Lettres de Noblesse ne m'avait jamais regardé, s'avise de me complimenter aujourd'hui, d'un ton supérieur : « Je me flatte, m'a-t-il dit, que vous quittez enfin le commerce avec la roture. » [...] « Au contraire, Monsieur, ai-je répondu ; je ne puis mieux reconnaître le nouveau bien que je lui dois qu'en continuant à l'exercer avec honneur » (*Les Deux Amis ou le Négociant de Lyon*, I, 11, dans *Théâtre* de Beaumarchais, Pléiade, p. 93).

# BIBLIOGRAPHIE SOMMAIRE

### A. ÉDITIONS MODERNES DE LA PIÈCE

— *Le Philosophe sans le savoir,* éd. Georges d'Heylli, Paris, 1880.

— *Le Philosophe sans le savoir,* éd. Th.-Edm. Oliver, University of Illinois, 1913.

— *Le Philosophe sans le savoir,* éd. Émile Feuillâtre, Paris, Larousse, 1936 (« Classiques Larousse »).

— *Théâtre du XVIII$^e$ siècle,* éd. Jacques Truchet, Paris, Gallimard (« Bibliothèque de la Pléiade »), tome II, 1974, p. 517-564 et 1445-1456.

### B. SUR SEDAINE

— VANDEUL (M$^{me}$ de), Notice sur Sedaine dans la *Correspondance littéraire* de Grimm, tome XVI, éd. M. Tourneux, p. 234-246.

— SEDAINE, *Théâtre choisi,* avec une notice sur Sedaine par Georges d'Heylli, Paris, Librairie générale, 1877.

— GISI (M.), *Sedaine, sein Leben und seine Werke,* Berlin, 1883.

— GUIYESSE-FRÈRES (M$^{me}$ E.), *Sedaine, ses protecteurs et ses amis,* Paris, Flammarion, 1907.

— Rey (Auguste), *La Vieillesse de Sedaine,* Paris, Honoré Champion, 1906.

— Günther (Ladislas), *L'œuvre dramatique de Sedaine,* Paris, Émile Larose, 1908.

## C. SUR LES CONTEMPORAINS ET LE CONTEXTE LITTÉRAIRE

— *Théâtre du XVIII<sup>e</sup> siècle,* éd. Jacques Truchet, Paris, Gallimard (« Bibliothèque de la Pléiade »), 1972 et 1974, 2 vol. (Contient toutes les œuvres dramatiques importantes du siècle, à l'exception de celles de Marivaux et de Beaumarchais ; bibliographie substantielle au tome I, p. LXIX-LXXV).

— Diderot, *Entretiens sur le Fils Naturel* et *De la Poésie dramatique*, dans les *Œuvres de Diderot,* éd. Assézat et Tourneux, Paris, Garnier, 1875-1877, tome VII.

— Grimm, Diderot, Raynal, Meister, etc., *Correspondance littéraire...* éd. Maurice Tourneux, Paris, Garnier, 1877-1882, notamment t. VI et t. XVI.

— Beaumarchais, *Théâtre. Lettres relatives à son théâtre,* éd. Maurice Allem et Paul-Courant, Paris, Gallimard (« Bibliothèque de la Pléiade »), 1957.

— Dufort de Cheverny (Jean-Nicolas, comte), *Mémoires du comte Dufort de Cheverny,* intr. et notes par Robert de Crèvecœur, Paris, Plon, 5<sup>e</sup> éd., 1909 (1<sup>re</sup> éd. 1886).

## D. QUELQUES ÉTUDES D'ENSEMBLE

— Gaiffe (Félix), *Le Drame en France au XVIII<sup>e</sup> siècle,* Paris, Armand Colin, 1910 (rééd. 1970).

— Lioure (Michel), *Le Drame,* Paris, Armand Colin (« Collection U »), 2<sup>e</sup> éd., 1966.

— Larthomas (Pierre), *Le Théâtre en France au XVIII<sup>e</sup> siècle,* Paris, Presses Universitaires de France (« Que sais-je ? »), 1980.

# LE PHILOSOPHE
# SANS LE SAVOIR,

Comédie

# NOMS DES PERSONNAGES.[1]

M. VANDERK père.
M. VANDERK fils.
M. DESPARVILLE père, ancien officier.
M. DESPARVILLE fils, offier de cavalerie.
M<sup>me</sup> VANDERK.
UNE MARQUISE, Sœur de M. Vanderk père.
ANTOINE, homme de confiance de M. Vanderk.
VICTORINE, fille d'Antoine.
M<sup>lle</sup> SOPHIE VANDERK, fille de M. Vanderk.
UN PRÉSIDENT, futur époux de M<sup>lle</sup> Vanderk.
UN DOMESTIQUE de M. Desparville.

---

1. Voici quelle était la distribution en décembre 1765 :

| | |
|---|---|
| M. VANDERK PÈRE | : Brizard. |
| M. VANDERK FILS | : Molé. |
| M. DESPARVILLE PÈRE | : Grandval. |
| M. DESPARVAILLE FILS | : Le Kain. |
| MADAME VANDERK | : M<sup>lle</sup> Dumesnil. |
| UNE MARQUISE | : M<sup>me</sup> Drouin. |
| ANTOINE | : Préville. |
| VICTORINE | : M<sup>lle</sup> Doligny. |
| SOPHIE VANDERK | : M<sup>lle</sup> Pepinal. |
| UN PRÉSIDENT | : Dauberval. |
| UN DOMESTIQUE DE M. DESPARVILLE | : Bouré. |
| UN DOMESTIQUE DE M. VANDERK FILS | : Auger. |

Un Domestique de M. Vanderk fils.
Les Domestiques de la maison.
Le Domestique de la Marquise.

*La scène est dans une grande ville de France*[2].

---

2. Pourquoi pas Lille ou Amiens ? Quand il organise la fuite de son fils (III, 11), M. Vanderk père pense à Calais et à l'Angleterre. Si la scène était à Reims, à Metz ou à Nancy, il penserait plutôt à Strasbourg et à l'Allemagne !

## Acte Premier

*Le théâtre représente un grand cabinet éclairé de bougies, un secrétaire sur un des côtés ; il est chargé de papiers et de cartons.*

### Scène Première
antoine, Victorine

#### Antoine

Quoi ! je vous surprends votre mouchoir à la main, l'air embarrassé et vous essuyant les yeux, et je ne peux pas savoir pourquoi vous pleurez ?

#### Victorine

Bon, mon papa, les jeunes filles pleurent quelquefois pour se désennuyer !

#### Antoine

Je ne me paie pas de cette raison-là.

#### Victorine

Je venais vous demander...

### Antoine

Me demander ? Et moi, je vous demande ce que vous avez à pleurer, et je vous prie de me le dire.

### Victorine

Vous vous moquerez de moi.

### Antoine

Il y aurait assurément un grand danger !

### Victorine

Si cependant ce que j'ai à vous dire était vrai, vous ne vous en moqueriez certainement pas.

### Antoine

Cela peut être.

### Victorine

Je suis descendue chez le caissier de la part de Madame.

### Antoine

Eh bien ?

### Victorine

Il y avait plusieurs messieurs qui attendaient leur tour et qui causaient ensemble. L'un d'eux a dit : « Ils ont mis l'épée à la main ; nous sommes sortis, et on les a séparés. »

### Antoine

Qui ?

#### VICTORINE

C'est ce que j'ai demandé. « Je ne sais, m'a dit l'un de ces messieurs ; ce sont deux jeunes gens : l'un est officier dans la cavalerie, et l'autre dans la marine. — Monsieur, l'avez-vous vu ? — Oui. — Habit bleu, parements rouges ? — Oui[3]. — Jeune ? — Oui, de vingt à vingt-deux ans. — Bien fait ? » Ils ont souri ; j'ai rougi, et je n'ai osé continuer.

#### ANTOINE

Il est vrai que vos questions étaient fort modestes !

#### VICTORINE

Mais si c'était le fils de Monsieur ?

#### ANTOINE

N'y a-t-il que lui d'officier ?

#### VICTORINE

C'est ce que j'ai pensé.

#### ANTOINE

Est-il le seul dans la marine ?

#### VICTORINE

C'est ce que je me disais.

#### ANTOINE

N'y a-t-il que lui de jeune ?

---

3. VAR. *Oui* manque dans 1766-II.

### VICTORINE

C'est vrai.

### ANTOINE

Il faut avoir le cœur bien sensible !

### VICTORINE

Ce qui me ferait croire encore que ce n'est pas lui, c'est que ce monsieur a dit que l'officier de marine avait commencé la querelle.

### ANTOINE

Et cependant vous pleuriez !

### VICTORINE

Oui, je pleurais.

### ANTOINE

Il faut bien aimer quelqu'un pour s'alarmer si aisément !

### VICTORINE

Eh ! mon papa, après vous, qui voulez-vous donc que j'aime le plus ? Comment ! c'est le fils de la maison ; feu ma mère l'a nourri : c'est mon frère de lait, c'est le frère de ma jeune maîtresse, et vous-même vous l'aimez bien.

### ANTOINE

Je ne vous le défends pas ; mais soyez raisonnable.

#### VICTORINE

Ah ! cela me faisait de la peine.

#### ANTOINE

Allez, vous êtes folle !

#### VICTORINE

Je le souhaite. Mais si vous alliez vous informer...

#### ANTOINE

Et où dit-on que la querelle a commencé ?

#### VICTORINE

Dans un café.

#### ANTOINE

Il n'y va jamais.

#### VICTORINE

Peut-être par hasard... Ah, si j'étais homme, j'irais[4].

#### ANTOINE

Il va rentrer à l'instant. Et comment s'informer dans une grande ville ?

---

4. *J'irais* : la scène se termine sur ce mot dans 1766 (I) et 1769. Nous incorporons la réplique suivante d'Antoine dans cette scène 1re, comme le fait 1766-II.

## Scène II

### Un Domestique de M. Desparville
### Victorine, Antoine

#### Le Domestique

Monsieur...

#### Antoine

Que voulez-vous ?

#### Le Domestique

C'est une lettre pour remettre à M. Vanderk.

#### Antoine

Vous pouvez me la laisser.

#### Le Domestique

Il faut que je la remette moi-même, mon maître me l'a ordonné.

#### Antoine

Monsieur n'est pas ici ; et quand il y serait, vous prenez bien mal votre temps : il est tard.

#### Le Domestique

Il n'est que neuf heures.

#### Antoine

Oui, mais c'est ce soir les accords[5] de sa fille. Si ce

---

5. *Accords* (ou accordailles), cérémonie de la signature du contrat de mariage.

n'est qu'une lettre d'affaires, je suis son homme de confiance, et je...

### Le Domestique

Il faut que je la remette en main propre.

### Antoine

En ce cas, passez au magasin et attendez, je vous ferai avertir[6].

## Scène III

### Victorine, Antoine

### Victorine

Monsieur n'est donc pas rentré ?

### Antoine

Non, il est retourné chez le notaire.

### Victorine

Madame m'envoie vous demander...[7] Ah ! je voudrais que vous vissiez Mademoiselle avec ses habits de noces ; on vient de les essayer : les boucles d'oreilles,

---

6. VAR. Dans le manuscrit du souffleur, la scène comprenait deux répliques supplémentaires : *je vous ferai avertir.* / Le Domestique : *Par là ?* / Antoine : *Oui, à gauche ! à gauche ! à gauche !*

7. Victorine reprend la question qu'elle est venue poser à son père et qu'elle a essayé sans succès de formuler dans la 4ᵉ réplique de la scène 1.

le collier, la rivière de diamnats ! Ah ! ils sont beaux ! Il y en a un gros comme cela. Et Mademoiselle, ah ! comme elle est charmante ! Le cher amoureux est en extase. Il est là, il la mange des yeux ! On lui a mis du rouge et une mouche ici. Vous ne la reconnaîtriez pas.

ANTOINE

Sitôt qu'elle a une mouche !

VICTORINE

Madame m'a dit : « Va demander à ton père si Monsieur est revenu, et s'il n'est pas en affaire, et si on peut lui parler. » Je vais vous dire... mais vous n'en parlerez pas : Mademoiselle va se faire annoncer comme une dame de condition sous un autre nom, et je suis sûre que Monsieur y sera trompé.

ANTOINE

Certainement, un père ne reconnaîtra pas sa fille !

VICTORINE

Non, il ne la reconnaîtra pas, j'en suis sûre ! Quand il arrivera, vous nous avertirez : il y aura de quoi rire... Cependant, il n'a pas coutume de rentrer si tard.

ANTOINE

Qui ?

VICTORINE

Son fils.

ANTOINE

Tu y penses encore ?

### VICTORINE

Je m'en vais : vous nous avertirez. Ah ! voilà Monsieur ! (*Elle sort.*)

## Scène IV

M. Vanderk Père, Deux Hommes
*portant de l'argent dans des hottes,* Antoine

### M. Vanderk Père
*Se retournant, dit aux porteurs qu'il aperçoit :*

Allez à ma caisse : descendez trois marches et montez-en cinq, au bout du corridor. (*Les hotteurs sortent.*)

### Antoine

Je vais les y mener.

### M. Vanderk Père

Non, reste. Les notaires ne finissent point. (*Il pose son chapeau et son épée ; il ouvre un secrétaire.*) Au reste, ils ont raison : nous ne voyons que le présent, et ils voient l'avenir. Mon fils est-il rentré ?

### Antoine

Non, monsieur... Voici les rouleaux de vingt-cinq louis que j'ai pris à la caisse.[8]

### M. Vanderk Père

Gardes-en un. Oh çà, mon pauvre Antoine, tu vas demain avoir bien de l'embarras.

---

8. Ce sont les rouleaux que M. Vanderk père donnera à M. Desparville à la fin de V, 4.

ANTOINE

N'en ayez pas plus que moi !

M. Vanderk Père

J'en aurai ma part.

ANTOINE

Pourquoi ? Reposez-vous sur moi.

M. Vanderk Père

Tu ne peux pas tout faire !

ANTOINE

Je me charge de tout. Imaginez-vous n'être qu'invité. Vous aurez bien assez d'occupation de recevoir votre monde !

M. Vanderk Père

Tu auras un tas de domestiques étrangers[9] : c'est ce qui m'effraie, surtout ceux de ma sœur.

ANTOINE

Je le sais.

M. Vanderk Père

Je ne veux pas de débauche[10].

---

9. VAR. *Tu auras un nombre de domestiques étrangers* (1766-II).

10. Le mot signifie ici simplement « excès dans le boire et dans le manger » (Académie 1762).

### Antoine

Il n'y en aura pas.

### M. Vanderk Père

Que la table des commis[11] soit service comme la mienne.

### Antoine

Oui, monsieur.

### M. Vanderk Père

J'irai y faire un tour.

### Antoine

Je le leur dirai.

### M. Vanderk Père

Je veux recevoir leur santé, et boire à la leur.

### Antoine

Ils en seront charmés.

### M. Vanderk Père

La table des domestiques sans profusion du côté du vin.

---

11. Les commis sont les employés de la maison de commerce de M. Vanderk ; ils ne doivent évidemment pas être confondus avec les domestiques, mais il faut noter qu'il ne semble pas exister de hiérarchie entre les commis : ils semblent tous placés directement sous les ordres de M. Vanderk ou d'Antoine, son « homme de confiance ».

### Antoine

Oui.

### M. Vanderk Père

Un demi-louis à chacun comme présent de noces.

### Antoine

Oui.

### M. Vanderk Père

Si tu n'as pas assez de ce que je t'ai donné, avance-le[12].

### Antoine

Oui.

### M. Vanderk Père

Je crois que voilà tout... Les magasins fermés ; que personne n'y entre passé dix heures... Que quelqu'un reste dans les bureaux, et ferme la porte en dedans.

### Antoine

Ma fille y restera.

### M. Vanderk Père

Non, il faut que ta fille soit près de sa bonne amie. J'ai entendu parler de quelques fusées, de quelques pétards. Mon fils veut brûler ses manchettes.

---

12. VAR. *Un demi-louis à chacun comme présent de noces. Si tu n'as pas assez, avance-le* (1766-II).

### Antoine

C'est peu de chose.

### M. Vanderk Père

Aie toujours soin que les réservoirs soient pleins d'eau.

(*Ici Victorine entre ; elle parle à son père à l'oreille ; il lui répond :*)

### Antoine, *à sa fille*

Oui.[13] (*Après qu'elle est partie.*) Monsieur, vous croyez-vous capable d'un grand secret ?

### M. Vanderk Père

Encore quelques fusées, quelques violons ?

### Antoine

C'est bien autre chose ! Une demoiselle qui a pour vous la plus grande tendresse...

### M. Vanderk Père

Ma fille ?

### Antoine

Juste. Elle vous demande un tête-à-tête.

---

13. VAR. L'entrée de Victorine et la réponse que lui fait son père donne lieu à une scène nouvelle (scène 5) et sa sortie marque le début de la scène 6 dans 1766-II.

## M. Vanderk Père

Sais-tu pourquoi ?

## Antoine

Elle vient d'essayer ses diamants, sa robe de noces, on lui a mis un peu de rouge. Madame et elle pensent[14] que vous ne la reconnaîtrez pas. La voici.

### Scène V

Les Mêmes, Un Domestique de M. Vanderk, M<sup>lle</sup> Sophie Vanderk

## Le Domestique

Monsieur, madame la marquise de Vanderville.

## M. Vanderk Père

Faites entrer[15]. (*On ouvre les deux battants ; de grandes révérences.*)

## Sophie

Mon... Monsieur...

## M. Vanderk Père

Madame... (*Au domestique.*) Avancez un fauteuil.

---

14. Il est bien peu vraisemblable que M<sup>me</sup> Vanderk partage les puériles illusions de sa fille !

15. VAR. Ces deux premières répliques de la scène forment une scène 7 dans 1766-II, qui distingue une scène 8 à partir de l'entrée de Sophie.

(*Ils s'assoient. A Antoine.*) Elle n'est pas mal. (*A Sophie.*) Puis-je savoir de madame ce qui me procure l'honneur de la voir ?

### Sophie, *tremblante*

C'est que... mon... monsieur, j'ai... j'ai un papier à vous remettre.

### M. Vanderk Père

Si madame veut bien me le confier. (*Pendant qu'elle cherche, il regarde Antoine.*)

### Antoine

Ah ! monsieur, qu'elle est belle comme cela !

### Sophie

Le voici. (*M. Vanderk se lève pour prendre le papier.*) Ah ! monsieur, pourquoi vous déranger ? (*A part.*) Je suis tout interdite.

### M. Vanderk Père

Cela suffit. C'est trente louis. Ah ! rien de mieux. (*Pendant que M. Vanderk va à son secrétaire, Sophie fait signe à Antoine de ne rien dire.*) Ce billet[16] est excellent. Il vous est venu par la Hollande ?

### Sophie

Non... oui.

---

16. Un *billet* est un « écrit ou promesse par laquelle on s'oblige de payer ou de faire payer une certaine somme » (Académie 1762).

#### M. Vanderk Père

Vous avez raison, madame... Voici la somme.

#### Sophie

Monsieur, je suis votre très humble et très obéissante servante.

#### M. Vanderk Père

Madame ne compte pas ?

#### Sophie

Non. Ah ! mon cher... monsieur, vous êtes un si honnête homme que la réputation... la renommée dont...


### Scène VI

#### Les Mêmes, Madame Vanderk

#### Sophie

Ah ! maman, papa s'est moqué de moi[17] !

#### M. Vanderk Père

Comment ! c'est vous, ma fille ?

#### Sophie

Ah ! vous m'aviez reconnue.

#### Madame Vanderk, *à son mari*

Comment la trouvez-vous ?

---

17. VAR. *Ah ! maman, mon cher père s'est moqué de moi* (1766-II).

#### M. Vanderk Père

Fort bien.

#### Sophie

Vous ne m'avez pas seulement regardée ! Je ne suis pas une voleuse[18], et voici votre argent, que vous donnez avec tant de confiance à la première personne.

#### M. Vanderk Père

Garde-le, ma fille. Je ne veux pas que dans toute ta vie tu puisses te reprocher une fausseté, même en badinant. Ton billet, je le tiens pour bon. Garde les trente louis.

#### Sophie

Ah ! mon cher père...

#### M. Vanderk Père

Vous aurez des présents à faire demain.

### Scène VIII

#### Les Mêmes, le Gendre

#### M. Vanderk Père

Vous allez, monsieur, épouser une jolie personne ! Se faire annoncer sous un faux nom, se servir d'un faux seing pour tromper son père, tout cela n'est qu'un badinage pour elle.

---

18. VAR. *Je ne suis pas une trompeuse* (1766-II).

### Le Gendre

Ah ! monsieur, vous avez à punir deux coupables. Je suis complice, et voici la main qui a signé.

### M. Vanderk Père,
*prenant la main de sa fille et celle de son futur*

Voilà comme je la punis.

### Le Gendre

Comment récompensez-vous donc ?

(*La mère fait un signe à Sophie.*)[19]

### Sophie, *au futur*

Permettez-moi, monsieur, de vous prier...

### Le Gendre

Commandez.

### Sophie

Devinez ce que je veux dire.

### Madame Vanderk, *à son mari*

Votre fille est dans un grand embarras.

### M. Vanderk Père

Quel est-il ?

---

19. VAR. Madame Vanderk, *elle fait un signe à sa fille* : *Ma fille...* (1766-II).

Le Gendre, *à Sophie*

Je voudrais bien vous deviner... Ah ! c'est de vous laisser ?

Sophie

Oui. (*Le gendre sort.*)

Scène VIII

Monsieur et Madame Vanderk, Sophie

Madame Vanderk

Votre fille nous quitte ; elle veut vous demander...[20]

M. Vanderk Père

Ah ! madame !

Madame Vanderk

Ma fille !

Sophie

Ma mère !... Ah ! mon cher père ! je... (*Faisant le mouvement pour se mettre à genoux, le père la retient.*)

M. Vanderk Père

Ma fille, épargne à ta mère et à moi l'attendrissement d'un pareil moment. Toutes nos actions, jusqu'à

---

20. VAR. *Votre fille se marie demain, elle nous quitte. Elle voudrait vous demander...* (1766-II).

présent, ne tendent qu'à attirer sur toi et sur ton frère toutes les faveurs du Ciel. Ne perds jamais de vue, ma fille, que la bonne conduite des père et mère est la bénédiction des enfants.

### Sophie

Ah ! si jamais je l'oublie...

## Scène IX

Les Mêmes, Victorine, M. Vanderk Fils

### Victorine

Le voilà ! le voilà !

### Madame Vanderk

Qui donc ? qui donc ?

### Victorine

Monsieur votre fils.

### Madame Vanderk

Je vous assure, Victorine, que plus vous avancez en âge et plus vous extravaguez.

### Victorine

Madame ?

### Madame Vanderk

Premièrement, vous entrez ici sans qu'on vous appelle.

#### VICTORINE

Mais, madame...

#### MADAME VANDERK

A-t-on coutume d'annoncer mon fils ?

#### SOPHIE

En vérité, ma bonne amie, vous êtes bien folle !

#### VICTORINE

C'est que le voilà !

(*Entre M. Vanderk Fils, qui fait de grandes révérences à sa sœur qu'il ne reconnaît pas.*)

#### SOPHIE

Ah ! nous allons voir... Ah ! mon frère ne me reconnaît pas !

#### M. VANDERK FILS

Eh ! c'est ma sœur ! Oh ! elle est charmante !

#### MADAME VANDERK

Tu la trouves donc bien ?

#### M. VANDERK FILS

Oui, ma mère.

### SCÈNE X
LES MÊMES, LE GENDRE

#### LE GENDRE, *bas à Sophie*

M'est-il permis d'approcher ? (*Au père.*) Les notaires sont arrivés. (*Il veut donner la main à Sophie ; elle indique sa mère.*)

#### Sophie

A ma mère !

(*Le Gendre donne la main à la mère et sort.*)[21]

#### Scène XI

#### M. Vanderk Fils, Sophie, Victorine

#### Sophie

Vous me trouvez donc bien ?

#### M. Vanderk Fils

Très bien.

#### Sophie

Et moi, mon frère, je trouve fort mal de ce qu'un jour comme celui-ci vous êtes revenu si tard, Demandez à Victorine.

#### M. Vanderk Fils

Mais quelle heure est-il donc ?

---

21. VAR. *Les notaires sont arrivés.* (*Il veut donner la main à Sophie, elle indique sa mère en souriant. Il s'aperçoit de sa méprise.*) *Ah !* (1766-II).

Sophie, *lui donnant sa montre*

Tenez, regardez.

M. Vanderk Fils

Il est vrai qu'il est un peu tard. Cette montre est jolie. (*Il veut la rendre.*)[22]

Sophie

Non, mon frère, je veux que vous la gardiez comme un reproche éternel de ce que vous vous êtes fait attendre.

M. Vanderk Fils

Et moi je l'accepte de bon cœur. Puissé-je, à chaque fois que j'y regarderai, me féliciter de vous savoir heureuse !

Scène XII

Les Mêmes, le Gendre

(*Le Gendre rentre, il prend la main de Sophie. Le frère regarde la montre, rêve et soupire. Victorine le regarde.*)[23]

---

22. VAR. *Il est vrai qu'il est un peu tard. Je crois qu'elle avance. Elle est jolie.* (*Il veut la rendre.*) (1766-II).

23. VAR. Au lieu de cette scène muette, 1766-II donne : Scène XVI / Les Mêmes, Un Domestique. / Le Domestique, *à Sophie* : *Mademoiselle, on vous attend.* / Sophie : *Ne venez-vous pas, mon frère ?* / M. Vanderk Fils : *Oui, j'y vais... tout à l'heure. Je vous suis.*

### Scène XIII

#### M. Vanderk Fils, Victorine

##### Victorine

Vous m'avez bien inquiétée. Une dispute dans un café !

##### M. Vanderk Fils

Est-ce que mon père sait cela ?

##### Victorine

Est-ce que cela est vrai ?

##### M. Vanderk Fils

Non, non, Victorine. (*Il entre dans le salon.*)

##### Victorine, *s'en allant d'un autre côté*

Ah ! que cela m'inquiète !

*Fin du premier acte*

# ACTE II

## Scène Première

### Antoine,
### Le Domestique de M. Desparville

#### Antoine

Où diable étiez-vous donc ?

#### Le Domestique

J'étais dans le magasin.

#### Antoine

Qui vous y avait envoyé ?

#### Le Domestique

Vous.

#### Antoine

Et que faisiez-vous là ?[1]

---

1. Les éditions donnent : *Eh ! que faisiez-vous là ?* Mais il est fréquent, dans la typographie du XVIIe et encore du XVIIIe siècle, que l'on confonde en début de phrase, l'interjection *Eh* avec la conjonction *Et*.

### Le Domestique

Je dormais.

### Antoine

Vous dormiez ! Il faut qu'il y ait plus de trois heures.[2]

### Le Domestique

Je n'en sais rien. Eh bien, votre maître est-il rentré ?

### Antoine

Bon ! On a soupé depuis.

### Le Domestique

Enfin, puis-je lui remettre ma lettre ?

### Antoine

Attendez.

## Scène II

Antoine, M. Vanderk Fils, Le Domestique

Le Domestique, *voyant entrer M. Vanderk Fils*

N'est-ce pas là lui ?

---

2. *Il faut qu'il y ait plus de trois heures* : il y a sûrement plus de trois heures (que vous êtes enfermé dans le magasin). Cf. encore aujourd'hui une phrase comme : « Il n'est pas là, il faut qu'il ait manqué son train ». — On nous a dit en I, 2 qu'il n'était pas neuf heures du soir ; il doit donc être maintenant au moins onze heures (dans la scène 10 de ce même acte II, Victorine dira qu'il est onze heures dix).

### Antoine

Non, non, restez. Parbleu ! vous êtes un drôle d'homme de rester dans ce magasin pendant trois heures !

### Le Domestique

Ma foi, j'y aurais passé la nuit, si la faim ne m'avait pas réveillé.

### Antoine

Venez, venez. (*Ils sortent.*)

### Scène III

#### M. Vanderk Fils, *seul.*

Quelle fatalité ! je ne voulais pas sortir ; il semblait que j'avais un pressentiment. Les commerçants... les commerçants... c'est l'état de mon père, et je ne souffrirai jamais qu'on l'avilisse. Ah, mon père[3], mon père, un jour de noces ! Je vois toutes ses inquiétudes, toute sa douleur, le désespoir de ma mère, ma sœur, cette pauvre Victorine, Antoine, toute une famille. Ah ! dieux ! que ne donnerais-je pas pour reculer d'un jour, d'un seul jour, reculer... (*Le père entre et le regarde.*) Non, certes, je ne reculerai pas. Ah ! dieux ! (*Il aperçoit son père. Il reprend un air gai.*)

---

3. VAR. *N'importe !... Un commerçant... un commerçant... c'est l'état de mon père, au fait, et je ne souffrirai jamais qu'on l'humilie ; j'aurai tort tant qu'on voudra, mais... Ah ! mon père !* (1766-II).

## Scène IV

### M. Vanderk Père, M. Vanderk Fils

#### M. Vanderk Père

Eh ! mais, mon fils, quelle pétulance ! quels mouvements ! que signifie...

#### M. Vanderk Fils

Je déclamais ; je... je faisais le héros.

#### M. Vanderk Père

Vous ne représenteriez pas demain quelque pièce de théâtre, une tragédie ?[4]

#### M. Vanderk Fils

Non, non, mon père.

#### M. Vanderk Père

Faites, si cela vous amuse ; mais il faudrait quelques précautions. Dites-le moi ; et s'il ne faut pas que je le sache, je ne le saurai pas.

#### M. Vanderk Fils

Je suis obligé, mon père ; je vous le dirais.

#### M. Vanderk Père

Si vous me trompez, prenez-y garde : je ferai cabale.

---

4. Dans la bouche de M. Vanderk père, qui ignore encore tout de l'altercation de l'après-midi, le mot résonne étrangement !

#### M. Vanderk Fils

Je ne crains pas cela. Mais, mon père, on vient de lire le contrat de mariage de ma sœur ; nous l'avons tous signé. Quel nom y avez-vous pris ? et quel nom m'avez-vous fait prendre ?

#### M. Vanderk Père

Le vôtre.

#### M. Vanderk Fils

Le mien ! Est-ce que celui que je porte...

#### M. Vanderk Père

Ce n'est qu'un surnom.

#### M. Vanderk Fils

Vous vous êtes titré de chevalier, d'ancien baron de Savières, de Clavières, de...

#### M. Vanderk Père

Je le suis.

#### M. Vanderk Fils

Vous êtes donc gentilhomme ?

#### M. Vanderk Père

Oui.

#### M. Vanderk Fils

Oui !

#### M. Vanderk Père

Vous doutez de ce que je dis ?

M. Vanderk Fils

Non, mon père ; mais est-il possible ?

M. Vanderk Père

Il n'est pas possible que je sois gentilhomme ?

M. Vanderk Fils

Je ne dis pas cela. Mais est-il possible, fussiez-vous le plus pauvre des nobles, que vous ayez pris un état ?...

M. Vanderk Père

Mon fils, lorsqu'un homme entre dans le monde, il est le jouet des circonstances.

M. Vanderk Fils

En est-il d'assez fortes pour descendre du rang le plus distingué au rang...

M. Vanderk Père

Achevez : au rang le plus bas.

M. Vanderk Fils

Je ne voulais pas dire cela.

M. Vanderk Père

Écoutez : le compte le plus rigide qu'un père doive à son fils est celui de l'honneur qu'il a reçu de ses ancêtres. Asseyez-vous. (*Le père s'assied ; le fils prend un siège et s'assied ensuite.*) J'ai été élevé par votre bisaïeul : mon père fut tué fort jeune à la tête de son régiment. Si vous étiez moins raisonnable, je ne vous confierais pas l'histoire de ma jeunesse, et la voici. Votre mère, fille d'un gentilhomme voisin, a été ma seule et unique passion. Dans l'âge où l'on ne choisit pas, j'ai eu le bonheur de bien choisir. Un jeune officier, venu en quartier d'hiver dans la province, trouva mauvais qu'un enfant de seize ans, c'était mon âge, attirât les attentions d'un autre enfant : votre mère n'avait pas douze ans. Il me traita avec hauteur, je ne le supportai pas, nous nous battîmes.

M. Vanderk Fils

Vous vous battîtes ?

M. Vanderk Père

Oui, mon fils.

M. Vanderk Fils

Au pistolet ?

M. Vanderk Père

Non, à l'épée. Je fus forcé de quitter la province : votre mère me jura une constance qu'elle a eue toute sa vie ; je m'embarquai. Un bon Hollandais, propriétaire du bâtiment sur lequel j'étais, me prit en affection. Nous fûmes attaqués, et je lui fus utile (C'est là que j'ai connu Antoine.) Le bon Hollandais m'associa à son commerce, il m'offrit sa nièce et sa fortune. Je lui dis mes engagements ; il m'approuve, il part, il obtient le consentement des parents de votre mère ; il me l'amène avec sa nourrice : c'est cette bonne vieille qui est ici. Nous nous marions ; le bon Hollandais mourut dans mes bras ; je pris, à sa prière, et son nom et son commerce. Le Ciel a béni ma fortune, je ne peux pas être plus heureux, je suis estimé, voici votre sœur bien établie, votre beau-frère remplit avec honneur une des premières places dans la robe. Pour vous, mon fils, vous serez digne de moi et de vos aïeux. J'ai déjà remis dans notre famille tous les biens que la nécessité de servir le prince avait fait sortir des mains de nos ancêtres ; ils seront à vous, ces biens, et si vous pensez que j'aie fait par le commerce une tache à leur nom, c'est à vous de l'effacer ; mais, dans un siècle aussi éclairé que celui-ci, ce qui peut donner la noblesse n'est pas capable de l'ôter.

### M. Vanderk Fils

Ah ! mon père, je ne le pense pas ; mais le préjugé est malheureusement si fort...

### M. Vanderk Père

Un préjugé ! Un tel préjugé n'est rien aux yeux de la raison.

### M. Vanderk Fils

Cela n'empêche pas que le commerce ne soit considéré comme un état...[5]

### M. Vanderk Père

Quel état, mon fils, que celui d'un homme qui, d'un trait de plume, se fait obéir d'un bout de l'univers à l'autre ! Son nom, son seing n'a pas besoin, comme la monnaie d'un souverain, que la valeur du métal serve de caution à l'empreinte, sa personne a tout fait : il a signé, cela suffit.

---

5. *État* : le mot a dans toute la pièce un sens intermédiaire entre « position sociale » et « profession ».

### M. Vanderk Fils

J'en conviens, mais...

### M. Vanderk Père

Ce n'est pas un peuple, ce n'est pas une seule nation qu'il sert ; il les sert toutes, et en est servi ; c'est l'homme de l'univers.

### M. Vanderk Fils

Cela peut être vrai ; mais enfin, en lui-même, qu'a-t-il de respectable ?

### M. Vanderk Père

De respectable ! Ce qui légitime dans un gentilhomme les droits de la naissance, ce qui fait la base de ses titres : la droiture, l'honneur, la probité.

### M. Vanderk Fils

Votre seule conduite, mon père...

### M. Vanderk Père

Quelques particuliers audacieux font armer les rois, la guerre s'allume, tout s'embrase, l'Europe est divisée ; mais ce négociant anglais, hollandais, russe ou chinois n'en est pas moins l'ami de mon cœur ; nous sommes, sur la superficie de la terre, autant de fils de soie qui lient ensemble les nations et les ramènent à la paix par la nécessité du commerce : voilà, mon fils, ce que c'est qu'un honnête négociant.

### M. Vanderk Fils

Et le gentilhomme donc, et le militaire ?

M. Vanderk Père

Je ne connais que deux états au-dessus du commerçant (en supposant encore qu'il y ait quelque différence entre ceux qui font le mieux qu'ils peuvent dans le rang où le Ciel les a placés), je ne connais que deux états : le magistrat, qui fait parler les lois, et le guerrier, qui défend la patrie.[6]

M. Vanderk Fils

Je suis donc gentilhomme ?

M. Vanderk Père

Oui, mon fils : il est peu de bonnes maisons auxquelles vous ne teniez, et qui ne tiennent à vous.[7]

M. Vanderk Fils

Pourquoi donc me l'avoir caché ?

M. Vanderk Père

Par une prudence peut-être inutile : j'ai craint que l'orgueil d'un grand nom ne devînt le germe de vos vertus ; j'ai désiré que vous les tinssiez de vous-même. Je vous ai épargné jusqu'à cet instant les réflexions que vous venez de faire, réflexions qui, dans un âge moins avancé, se seraient produites avec plus d'amertume.

M. Vanderk Fils

Je ne crois pas que jamais...

---

6. On notera en passant que M. Vanderk ne mentionne pas le prêtre.

7. *Tenir* : être apparenté.

## Scène V

Les Mêmes, Antoine,
Le Domestique de M. Desparville

#### M. Vanderk Père

Qu'est-ce ?

#### Antoine

Il y a, monsieur, plus de trois heures qu'il est là ; c'est un domestique.

#### M. Vanderk Père

Pourquoi faire attendre ? Pourquoi ne pas faire parler ? Son temps peut être précieux, son maître peut avoir besoin de lui.

#### Antoine

Je l'ai oublié, on a soupé, il s'est endormi.

#### Le Domestique

Je me suis endormi. Ma foi, on est las... las... Où diable est-elle à présent ? Cette chienne de lettre me fera damner aujourd'hui.

#### M. Vanderk Père

Donnez-vous patience.

#### Le Domestique

Ah ! la voilà.

(*Pendant que le père lit, le domestique bâille et le fils rêve.*)

M. VANDERK PÈRE

Vous direz à votre maître... Qu'est-il, votre maître ?

LE DOMESTIQUE

Monsieur Desparville.

M. VANDERK PÈRE

J'entends ; mais quel est son état ?

LE DOMESTIQUE

Il n'y a pas longtemps que je suis à lui ; mais il a servi.

M. VANDERK PÈRE

Servi ?

LE DOMESTIQUE

Oui, il a la croix ; c'est bleu, c'est un ruban bleu ; ce n'est pas comme les autres, mais c'est la même chose[8].

M. VANDERK PÈRE

Dites à votre maître, dites à M. Desparville que demain entre trois et quatre heures après-midi, je l'attends ici.

---

8. VAR. *Servi ?* / LE DOMESTIQUE : *Oui, c'est un ancien officier... un officier distingué même.* / M. VANDERK PÈRE : *Dites à votre maître* (manuscrit du souffleur et éditions ; nous corrigeons d'après l'Appendice). — L'ordre du Mérite militaire, crée en 1759 pour récompenser les officiers protestants, avait un ruban bleu, alors que le ruban de la croix de Saint Louis, réservée aux officiers catholiques, était rouge.

### Le Domestique

Oui.

### M. Vanderk Père

Dites, je vous en prie, que je suis bien fâché de ne pouvoir lui donner une heure plus prompte, que je suis dans l'embarras.

### Le Domestique

Je sais, je sais... La noce de ... oui, oui.[9] (*Il tourne du côté du magasin.*)

### Antoine

Eh bien ! où allez-vous ? encore dormir ?

## Scène VI

M. Vanderk Père, M. Vanderk Fils

### M. Vanderk Fils

Mon père, je vous prie de pardonner à mes réflexions.

### M. Vanderk Père

Il vaut mieux les dire que les taire.

### M. Vanderk Fils

Peut-être avec trop de vivacité.

---

9. VAR. *Oh ! je sais, je sais... La noce de Mademoiselle votre fille. Oh ! je sais, je sais...* (1766-II).

#### M. Vanderk Père

C'est de votre âge. Vous allez voir ici une femme qui a bien plus de vivacité que vous sur cet article. Quiconque n'est pas militaire n'est rien !

#### M. Vanderk Fils

Qui donc ?

#### M. Vanderk Père

Votre tante, ma propre sœur. Elle devrait être arrivée. C'est en vain que je l'ai établie honorablement : elle est veuve à présent et sans enfants ; elle jouit de tous les revenus des biens que je vous ai achetés, je l'ai comblée de tout ce que j'ai cru devoir satisfaire ses vœux ; cependant, elle ne me pardonnera jamais l'état que j'ai pris, et, lorsque mes dons ne profanent pas ses mains, le nom de frère profanerait ses lèvres. Elle est cependant la meilleure de toutes les femmes ! Mais voilà comme un honneur de préjugé[10] étouffe les sentiments de la nature et de la reconnaissance.

#### M. Vanderk Fils

Mais, mon père, à votre place, je ne lui pardonnerais jamais.

#### M. Vanderk Père

Pourquoi ? Elle est ainsi, mon fils ; c'est une faiblesse en elle, c'est de l'honneur mal entendu, mais c'est toujours de l'honneur.

---

10. *Un honneur de préjugé* : un honneur fondé sur un préjugé.

### M. Vanderk Fils

Vous ne m'aviez jamais parlé de cette tante.

### M. Vanderk Père

Ce silence entrait dans mon système à votre égard.[11] Elle vit dans le fond du Berry ; elle n'y soutient qu'avec trop de hauteur le nom de nos ancêtres, et l'idée de noblesse est si forte en elle que je ne lui aurais pas persuadé de venir au mariage de votre sœur, si je ne lui avais écrit qu'elle épouse un homme de qualité. Encore a-t-elle mis des conditions singulières !

### M. Vanderk Fils

Des conditions !

### M. Vanderk Père

« Mon cher frère, m'écrit-elle, j'irai ; mais ne serait-il pas mieux que je ne passasse que pour une parente éloignée de votre femme, pour une protectrice de la famille ? » Elle appuie cela de tous les mauvais raisonnements qui... J'entends une voiture.

### M. Vanderk Fils

Je vais voir.

## Scène VII

### Les Mêmes, Madame Vanderk, Sophie, le Gendre, Victorine

### Madame Vanderk

Voici, je crois, ma belle-sœur.

---

11. *Mon système à votre égard* : mon attitude pédagogique à votre égard.

#### M. Vanderk Père

Il faut voir.

#### Sophie

Voici ma tante.

#### M. Vanderk Père

Restez ici ; je vais au-devant d'elle.

#### Le Gendre

Vous accompagnerai-je ?

#### M. Vanderk Père

Non, restez. Victorine, éclairez-moi. (*Victorine prend un flambeau et passe devant.*)

### Scène VIII

Madame Vanderk, M. Vanderk Fils,
Sophie, le Gendre

#### Le Gendre

Eh bien, mon cher frère, vous avez aujourd'hui un petit air sérieux.

#### M. Vanderk Fils

Non, je vous assure.

#### Le Gendre

Pensez-vous que votre sœur ne sera pas heureuse avec moi ?

#### M. Vanderk Fils

Je ne doute pas qu'elle ne le soit.

#### Sophie, *à sa mère*

L'appellerai-je ma tante ?

#### Madame Vanderk

Gardez-vous en bien ! Laissez-moi parler.


### Scène IX

### Les Mêmes, M. Vanderk Père, Victorine, la Tante, un Laquais
*de la Tante, en veste, une ceinture de soie, botté, un fouet sur l'épaule, portant la queue de sa maîtresse.*

#### La Tante

Ah ! j'ai les yeux éblouis. Écartez ces flambeaux. Point d'ordre sur les routes. Je devrais être ici il y a deux heures. Soyez de condition, n'en soyez pas, une duchesse, une financière, c'est égal ! Des chevaux terribles : mes femmes ont eu des peurs... (*A son laquais.*) Laissez ma robe, vous. Ah ! c'est Madame Vanderk !

#### Madame Vanderk,
*avance, la salue, l'embrasse, et met de la hauteur*

Madame, voici ma fille que j'ai l'honneur de vous présenter.

#### La Tante,
*fait une révérence protégeante et n'embrasse pas*

Quel est ce monsieur noir, et ce jeune homme ?

#### M. Vanderk Père

C'est mon gendre futur.

#### La Tante, *en regardant le fils*

Il ne faut que des yeux pour juger qu'il est d'un sang noble.

#### M. Vanderk Père

Ne trouvez-vous pas qu'il a quelque chose du grand-père ?

#### La Tante

Mais... oui... le front. Il est sans doute avancé dans le service ?

#### M. Vanderk Père

Non, il est trop jeune.

#### La Tante

Il a sans doute un régiment ?

#### M. Vanderk Père

Non.

#### La Tante

Pourquoi donc ?

#### M. Vanderk Père

Lorsque par ses services il aura mérité la faveur de la Cour, je suis tout prêt...[12]

---

12. *Je suis tout prêt* : je suis tout prêt à lui acheter un régiment, un brevet de colonel.

### La Tante

Vous avez eu vos raisons, il est fort bien... Votre fille l'aime sans doute ?

### M. Vanderk Père

Oui, ils s'aiment beaucoup.

### La Tante

Moi, je me serais très peu embarrassée de cet amour-là, et j'aurais voulu que mon gendre eût eu un rang avant de lui donner ma fille.

### M. Vanderk Père

Il est président.

### La Tante

Président ? Pourquoi porte-t-il l'épée ?

### M. Vanderk Père

Qui ? Voici mon gendre futur.

### La Tante

Cela ! Monsieur est donc de robe ?

### Le Gendre

Oui, madame, et je m'en fais honneur.

### La Tante

Monsieur, il y a dans la robe des personnes qui tiennent à ce qu'il y a de mieux.

### Le Gendre

Et qui le sont, madame.

### La Tante, *à son frère*

Vous ne m'aviez pas écrit que c'était un homme de robe. (*Au Gendre.*) Je vous fais, monsieur, mon compliment, je suis charmée de vous voir uni à une famille...

### Le Gendre

Madame...

### La Tante

... à une famille à laquelle je prends le plus vif intérêt.

### Le Gendre

Madame...

### La Tante

Mademoiselle a dans toute sa personne un air, une grâce, une modestie, un sérieux... elle sera dignement Madame la Présidente. (*Regardant le fils.*) Et ce jeune Monsieur ?

### M. Vanderk Père

C'est mon fils.

### La Tante

Votre fils ! votre fils ! vous ne me le dites pas... vous ne me le dites pas ! C'est mon neveu. Ah ! il est charmant, il est charmant ! Embrassez-moi, mon cher enfant. Ah ! vous avez raison, c'est tout le portrait du grand-père. Il m'a saisie : ses yeux, son front, l'air noble... Ah ! mon frère, ah ! monsieur[13], je veux l'emmener, je veux le faire connaître dans la province, je le présenterai. Ah ! il est charmant !

### Madame Vanderk

Madame, voulez-vous passer dans votre appartement ?

### M. Vanderk Père

On va vous servir.

### La Tante

Ah ! mon lit, mon lit et un bouillon. Ah ! il est charmant ! Je le retiens demain pour me donner la main. Bonsoir, mon cher neveu, bonsoir.

### M. Vanderk Fils

Ma chère tante, je vous souhaite...

## Scène X

### M. Vanderk Fils, Victorine

### M. Vanderk Fils

Ma chère tante est assez folle.

### Victorine

C'est madame votre tante ?

---

13. *Ah ! mon frère, ah ! monsieur* : après avoir dit qu'elle prenait « le plus vif intérêt » à la famille Vanderk, elle est charmée de l'allure de son neveu et elle appelle M. Vanderk père « mon frère », ce qu'il est effectivement, quitte à corriger aussitôt : « ah ! monsieur ! » sans qu'on puisse décider si elle cherche ainsi à rattraper la parenté imprudemment avouée, ou si, plus simplement, elle n'appelle pas son frère *monsieur* comme on doit le faire dans le grand monde.

#### M. Vanderk Fils

Oui, sœur de mon père.

#### Victorine

Ses domestiques font un train ! Elle en a quatre, cinq, sans compter les femmes ; ils sont d'une arrogance... Madame la marquise par-ci, madame la marquise par-là, elle veut ci, elle entend ça[14] : il semble que tout soit à elle.

#### M. Vanderk Fils

Je m'en doute bien.

#### Victorine

Vous ne la suivez pas, votre chère tante ?

#### M. Vanderk Fils

J'y vais. Bonsoir, Victorine.

#### Victorine

Attendez donc.

#### M. Vanderk Fils

Que veux-tu ?

#### Victorine

Voyons donc votre nouvelle montre.

#### M. Vanderk Fils

Tu ne l'as pas vue ?

---

14. *Elle entend ça* : elle a telle intention, tel dessein.

#### Victorine

Que je la voie encore... Ah ! elle est belle ! Des diamants... à répétition... Il est onze heures 7, 8, 9, 10 minutes : onze heures dix minutes. Demain à pareille heure... Voulez-vous que je vous dise tout ce que vous ferez demain ?

#### M. Vanderk Fils

Ce que je ferai ?

#### Victorine

Oui... Vous vous lèverez à sept, disons à huit heures ; vous descendrez à dix ; vous donnerez la main à la mariée ; on reviendra à deux heures ; on dînera, on jouera ; ensuite, votre feu d'artifice : pourvu encore que vous ne soyez pas blessé !

#### M. Vanderk Fils

Ah ! si je le suis...

#### Victorine

Il ne faut pas l'être.

#### M. Vanderk Fils

Cela vaudrait mieux.[15]

#### Victorine

Je parie que voilà tout ce que vous ferez demain !

---

15. VAR. *pourvu encore que vous ne soyez pas blessé !* / M. Vanderk Fils : *Blessé ! qu'importe ?* / Victorine : *Il ne faut pas l'être.* / M. Vanderk Fils : *Bon !* (1766-II).

#### M. Vanderk Fils

Tu serais bien étonnée si je ne faisais rien de tout cela !

#### Victorine

Que ferez-vous donc ?

#### M. Vanderk Fils

Au reste, tu peux avoir raison.

#### Victorine

C'est joli, une montre à répétition : lorsqu'on se réveille, on sonne l'heure ; je crois que je me réveillerais tout exprès.

#### M. Vanderk Fils

Eh bien ! je veux qu'elle passe la nuit dans ta chambre, pour savoir si tu te réveilleras.

#### Victorine

Oh ! non.

#### M. Vanderk Fils

Je t'en prie.

#### Victorine

Si on le savait, on se moquerait de moi.

#### M. Vanderk Fils

Qui le dira ? Tu me la rendras demain au matin.

VICTORINE

Vous en pouvez être sûr. Mais... et vous ?

M. VANDERK FILS

N'ai-je pas ma pendule ? et tu me la rendras !

VICTORINE

Sans doute.

M. VANDERK FILS

Qu'à moi.

VICTORINE

A qui donc ?

M. VANDERK FILS

Qu'à moi.

VICTORINE

Eh ! mais, sans doute !

M. VANDERK FILS

Bonsoir, Victorine... Adieu... Bonsoir. Qu'à moi, qu'à moi !

SCÈNE XI

VICTORINE, *seule*.

Qu'à moi, qu'à moi, que veut-il dire ? Il a quelque chose d'extraordinaire aujourd'hui : ce n'est pas sa sa gaieté, son air franc ; il rêvait[16]. Si c'était... Non !

### Scène XII

#### Antoine, Victorine

#### Antoine, *à sa fille*

On vous appelle, on vous sonne depuis une heure. (*Victorine sort.*)

### Scène XIII

#### Antoine, *seul*.

Quatre ou cinq misérables laquais de condition donnent plus de peine qu'une maison de quarante personnes. Nous verrons demain... Ce sera un beau bruit... Je n'oublie rien. Non. (*Il souffle les bougies et ferme les volets.*) Je vais me coucher.

### Scène XIV

#### Un Domestique De M. Vanderk, Antoine

#### Antoine

Quoi ?

---

16. *Il rêvait* : *rêver* est ici pris (comme ailleurs dans ce second acte) au sens de « réfléchir profondément », « être absorbé dans ses pensées ».

#### Le Domestique

Monsieur Antoine, Monsieur dit qu'avant de vous coucher vous montiez chez lui par le petit escalier.

#### Antoine

Oui, j'y vais.

#### Le Domestique

Bonsoir, monsieur Antoine.

#### Antoine

Bonsoir, bonsoir.

*Fin du second acte*

# ACTE III

### Scène Première

### M. Vanderk Fils et Son Domestique

*entrent en tâtonnant avec précaution ; il fait ouvrir le volet fermé le soir par Antoine, pour faire voir qu'il est un peu jour. Il regarde partout.*

### Scène II

### M. Vanderk Fils, Son Domestique,
*il est botté ainsi que son maître, qui tient deux pistolets.*

#### M. Vanderk Fils

Eh bien, les clefs ?

#### Le Domestique

J'ai cherché partout, sur la fenêtre, derrière la porte ; j'ai tâté le long de la barre de fer, je n'ai rien trouvé ; enfin, j'ai réveillé le portier.

#### M. Vanderk Fils

Eh bien ?

### Le Domestique

Il dit que M. Antoine les a.

### M. Vanderk Fils

Et pourquoi Antoine a-t-il pris ces clefs ?

### Le Domestique

Je n'en sais rien.

### M. Vanderk Fils

A-t-il coutume de les prendre ?

### Le Domestique

Je ne l'ai pas demandé. Voulez-vous que j'y aille ?

### M. Vanderk Fils

Non. Et nos chevaux ?

### Le Domestique

Ils sont dans la cour.

### M. Vanderk Fils

Tiens, mets ces pistolets à l'arçon, et n'y touche pas. As-tu entendu du bruit dans la maison ?

### Le Domestique

Non, tout le monde dort. J'ai cependant vu de la lumière.

### M. Vanderk Fils

Où ?

### Le Domestique

Au troisième.

### M. Vanderk Fils

Au troisième ?

### Le Domestique

Ah ! c'est dans la chambre de mademoiselle Victorine ! Mais c'est sa lampe !

### M. Vanderk Fils

Victorine... Va-t-en.

### Le Domestique

Où irai-je ?

### M. Vanderk Fils

Descends dans la cour. Écoute : cache les chevaux sous la remise à gauche, près du carrosse de ma mère ; point de bruit surtout, il ne faut réveiller personne.

### Scène III

### M. Vanderk Fils, *seul*.

Pourquoi Antoine a-t-il pris ces clefs ? Que vais-je faire ? C'est de le réveiller. Je lui dirai : je veux sortir... j'ai des emplettes... j'ai quelques affaires... Frappons. Antoine ! Je n'entends rien... Antoine ! (*Prêt à frapper, il suspend le coup.*) Il va me faire cent questions : Vous sortez de bonne heure ! Quelle affaire avez-vous donc ? Vous sortez à cheval, attendez le jour. Je ne veux pas attendre, moi ! Donnez-moi les clefs. (*Il frappe.*) Antoine !


### Scène IV

M. Vanderk Fils, Antoine, *dans sa chambre*

#### Antoine

Qui est là ?

#### M. Vanderk Fils

Il a répondu. Antoine !

#### Antoine

Qui peut frapper si matin ?

#### M. Vanderk Fils

Moi.

#### Antoine

Ah ! monsieur, j'y vais.


### Scène V

M. Vanderk Fils, *seul*.

Il se lève... Rien de moins extraordinaire : j'ai affaire, moi, je sors, je vais à deux pas ; quand j'irais plus loin ? Mais vous êtes en bottes ? Mais ce cheval ? Mais ce domestique ?... Eh bien, je vais à deux lieues

d'ici ; mon père m'a dit de lui faire une commission...
Comme l'esprit va chercher bien loin les raisons les plus simples ! Ah ! je ne sais pas mentir.

### Scène VI

M. Vanderk Fils, Antoine, *son col à la main.*

#### Antoine

Comment, monsieur, c'est vous ?

#### M. Vanderk Fils

Oui. Donne-moi vite les clefs de la porte cochère.

#### Antoine

Les clefs ?

#### M. Vanderk Fils

Oui.

#### Antoine

Les clefs ? Mais le portier doit les avoir !

#### M. Vanderk Fils

Il dit que vous les avez.

#### Antoine

Ah ! c'est vrai : hier au soir... Je ne m'en ressouvenais pas. Mais, à propos, monsieur votre père les a !

#### M. Vanderk Fils

Mon père ! Eh ! pourquoi les a-t-il ?

#### Antoine

Demandez-lui ; je n'en sais rien.

#### M. Vanderk Fils

Il ne les a pas ordinairement.

#### Antoine

Mais vous sortez de bonne heure !

#### M. Vanderk Fils

Il faut qu'il ait eu quelques raisons pour prendre ces clefs.

#### Antoine

Peut-être quelque domestique... Ce mariage... Il a appréhendé l'embarras des fêtes... des aubades... Il veut se lever le premier... Enfin, que sais-je ?

#### M. Vanderk Fils

Eh bien, mon pauvre Antoine, rends-moi le plus grand... rends-moi un petit service : entre tout doucement, je t'en prie, dans l'appartement de mon père ; il aura mis les clefs sur quelque table, sur quelque chaise ; apporte-les moi. Prends garde de le réveiller, je serais au désespoir si j'étais la cause que son sommeil eût été troublé.

#### Antoine

Que n'y allez-vous ?

#### M. Vanderk Fils

S'il t'entend, tu lui donneras mieux une raison que moi.

ANTOINE, *le doigt en l'air*

J'y vais... Ne sortez pas, ne sortez pas.

M. Vanderk Fils

Où veux-tu que j'aille ?[1]

## Scène VII

M. Vanderk Fils, *seul.*

J'aurais bien cru qu'il m'aurait fait plus de questions. Antoine est un bon homme... Il se sera bien imaginé... Ah ! mon père, mon père !... Il dort... Il ne sait pas... Ce cabinet, cette maison, tout ce qui frappe mes yeux m'est plus cher : quitter cela pour toujours, ou pour longtemps, cela fait une peine qui... Ah ! le voilà !... Ciel ! c'est mon père !

## Scène VIII

M. Vanderk Père, *en robe de chambre,* M. Vanderk Fils.

M. Vanderk Fils

Ah ! mon père, ah ! que je suis fâché ! C'est la faute d'Antoine : je le lui avais dit, mais il aura fait du bruit, il vous aura réveillé.

---

1. VAR. *Où veux-tu que j'aille ? Je n'ai point de clefs.* / Antoine : *Ah ! c'est vrai !* (manuscrit du souffleur). — Dans 1766-II, la question *Où veux-tu que j'aille ?* est placée par erreur au début du monologue qui suit immédiatement (scène 7).

#### M. Vanderk Père

Non, je l'étais.

#### M. Vanderk Fils

Vous l'étiez ! Apparemment, mon père, que l'embarras d'aujourd'hui... et que...[2]

#### M. Vanderk Père

Vous ne me dites pas bonjour !

#### M. Vanderk Fils

Mon père, je vous demande pardon, je vous souhaite bien le bonjour.[3]

#### M. Vanderk Père

Vous sortez de bonne heure.

#### M. Vanderk Fils

Oui, je voulais...

#### M. Vanderk Père

Il y a des chevaux dans la cour.

#### M. Vanderk Fils

C'est pour moi ; c'est le mien et celui de mon domestique.

---

2. VAR. *Vous l'étiez ? et sans doute que...* (1766-II).

3. VAR. *je vous souhaite bien le bonjour. Comment avez-vous passé la nuit ? votre santé...* (manuscrit du souffleur).

## ACTE III, SCÈNE VIII

M. Vanderk Père

Et où allez-vous si matin ?[4]

M. Vanderk Fils

Une fantaisie d'exercice[5] : je voulais faire le tour des remparts... une idée... un caprice qui m'a pris tout d'un coup ce matin.

M. Vanderk Père

Dès hier vous aviez dit qu'on tînt vos chevaux prêts[6].

M. Vanderk Fils

Non, pas absolument.

M. Vanderk Père

Non ! Mon fils, vous avez quelque dessein.

M. Vanderk Fils

Quel dessein voudriez-vous que j'eusse ?

M. Vanderk Père

C'est moi qui vous le demande.

M. Vanderk Fils

Je vous assure, mon père...

---

4. Les éditions donnent : *Eh ! où allez-vous si matin ?* Nous corrigeons comme nous l'avons déjà fait (voir ci-dessus p. 29, n. 1).

5. *Une fantaisie d'exercice* : une envie subite et irraisonnée de prendre de l'exercice.

6. VAR. *vos chevaux prêts. Victorine l'a su de quelqu'un, d'un homme de l'écurie, et vous aviez l'idée de sortir* (1766-II).

#### M. Vanderk Père

Mon fils, jusqu'à cet instant, je n'ai connu en vous ni détours ni mensonges ; si ce que vous me dites est vrai, répétez-le moi, et je vous croirai... Si ce sont quelques raisons, quelques folies de votre âge, de ces niaiseries qu'un père peut soupçonner mais ne doit jamais savoir, quelque peine que cela me fasse, je n'exige pas une confidence dont nous rougirions l'un et l'autre : voici les clefs, sortez... (*Le fils tend la main et les prend.*) Mais, mon fils, si cela pouvait intéresser votre repos et le mien et celui de votre mère ?

#### M. Vanderk Fils

Ah ! mon père !

#### M. Vanderk Père

Il n'est pas possible qu'il y ait rien de déshonorant dans ce que vous allez faire.

#### M. Vanderk Fils

Ah ! bien plutôt...

#### M. Vanderk Père

Achevez.

#### M. Vanderk Fils

Que me demandez-vous ? Ah ! mon père, vous me l'avez dit hier : vous aviez été insulté ; vous étiez jeune ; vous vous êtes battu ; vous le feriez encore[7]. Ah que

---

7. *Vous le feriez encore* : on notera la sonorité cornélienne de ce membre de phrase (« Je le ferais encor si j'avais à le faire »). Au reste, M. Vanderk père n'a rien dit de pareil en II, 4 !

je suis malheureux ! je sens que je vais faire le malheur de votre vie. Non... jamais... Quelle leçon !... Vous pouvez m'en croire... Si la fatalité...

### M. Vanderk Père

Insulté... battu... le malheur de ma vie !... Mon fils, causons ensemble, et ne voyez en moi qu'un ami.

### M. Vanderk Fils

S'il était possible que j'exigeasse de vous un serment... Promettez-moi que, quelque chose que je vous dise, votre bonté ne me détournera pas de ce que je dois faire.

### M. Vanderk Père

Si cela est juste.

### M. Vanderk Fils

Juste ou non.

### M. Vanderk Père

Ou non ?[8]

### M. Vanderk Fils

Ne vous alarmez pas. Hier au soir, j'ai eu quelque altercation, une dispute avec un officier de cavalerie... Nous sommes sortis ; on nous a séparés... Parole[9] aujourd'hui.

---

8. VAR. *Juste ou non ?* (1766-II).

9. Dans toute la pièce, *parole* est synonyme de « rendez-vous ».

M. Vanderk Père,
*en s'appuyant sur le dos d'une chaise*

Ah ! mon fils !

M. Vanderk Fils

Mon père, voilà ce que je craignais.

M. Vanderk Père, *avec fermeté*

Je suis bien loin de vous détourner de ce que vous avez à faire. (*Douloureusement.*) Vous êtes militaire, et, quand on a pris un engagement vis-à-vis du public, on doit le tenir, quoi qu'il en coûte à la raison, et même à la nature.

M. Vanderk Fils

Je n'ai pas besoin d'exhortation.

M. Vanderk Père

Je le crois[10]. Et puis-je savoir de vous un détail plus étendu de votre querelle et de ce qui l'a causée, enfin de tout ce qui s'est passé ?

M. Vanderk Fils

Ah ! comme j'ai fait ce que j'ai pu pour éviter votre présence !

M. Vanderk Père

Vous fait-elle du chagrin ?

---

10. VAR. Les éditions donnent : M. Vanderk Fils : *Mon père, voilà ce que je craignais.* /M. Vanderk Père : *Et puis-je savoir de vous un détail plus étendu...* — Nous suivons le texte de l'Appendice.

M. Vanderk Fils

Ah ! jamais, jamais je n'ai eu tant besoin d'un ami, et surtout de vous.

M. Vanderk Père

Enfin, vous avez eu dispute.

M. Vanderk Fils

L'histoire n'est pas longue. La pluie qui est survenue hier m'a forcé d'entrer dans un café. J'y jouais[11] une partie d'échecs. J'entends à quelques pas de moi quelqu'un qui parlait avec chaleur : il racontait je ne sais quoi de son père, d'un marchand, d'un escompte de billets ; mais je suis certain d'avoir entendu très distinctement : « Oui, tous ces négociants, tous ces commerçants sont des fripons, sont des misérables ». Je me suis retourné, je l'ai regardé ; lui, sans nul égard, sans nulle attention, a répété le même discours. Je me suis levé, je lui ai dit à l'oreille qu'il n'y avait qu'un malhonnête homme qui pût tenir de pareils propos ; nous sommes sortis, on nous a séparés.

M. Vanderk Père

Vous me permettrez de vous dire...

M. Vanderk Fils

Ah ! je sais, mon père, tous les reproches que vous pouvez me faire : cet officier pouvait être dans un ins-

---

11. VAR. Les éditions donnent : *Je jouais.* Nous suivons le texte de l'Appendice.

tant d'humeur ; ce qu'il disait pouvait ne pas me regarder ; lorsqu'on dit tout le monde, on ne dit personne ; peut-être même ne faisait-il que raconter ce qu'on lui avait dit, et voilà mon chagrin, voilà mon tourment. Mon retour sur moi-même a fait mon supplice : il faut que je cherche à égorger un homme qui peut n'avoir pas tort. Je crois cependant qu'il l'a dit parce que j'étais présent.

M. Vanderk Père

Vous le désirez. Vous connaît-il ?

M. Vanderk Fils

Je ne le connais pas.

M. Vanderk Père

Et vous cherchez querelle ! Je n'ai rien à vous prescrire.

M. Vanderk Fils

Mon père, soyez tranquille.[12]

M. Vanderk Père

Ah ! mon fils, pourquoi n'avez-vous pas pensé que vous aviez un père ?[13] Je pense si souvent que j'ai un fils !

M. Vanderk Fils

C'est parce que j'y pensais.

---

12. VAR. *Je n'ai rien à vous prescrire.* / M. Vanderk Fils : *Mon père, soyez tranquille* : addition de l'Appendice.

13. VAR. Les éditions donnent : *votre père.* Nous suivons le texte de l'Appendice.

M. Vanderk Père, *après un profond soupir*

Quelle épée avez-vous là ?

M. Vanderk Fils

J'ai mes pistolets.

M. Vanderk Père

Vos pistolets ? L'arme d'un gentilhomme est son épée !

M. Vanderk Fils

Il a choisi.[14]

M. Vanderk Père

Eh ! dans quelle incertitude, dans quelle peine jetiez-vous[15] aujourd'hui votre mère et moi !

M. Vanderk Fils

J'y avais pourvu.

M. Vanderk Père

Comment ?

M. Vanderk Fils

J'avais laissé sur ma table une lettre adressée à vous ; Victorine vous l'aurait donnée.

---

14. *Il a choisi* : l'offensé avait traditionnellement le choix de l'arme. Cette réplique et les trois précédentes n'apparaissent que dans l'Appendice.

15. VAR. *alliez-vous jeter* (1766-II).

#### M. Vanderk Père

Est-ce que vous vous êtes confié à Victorine ?

#### M. Vanderk Fils

Non, mais elle devait reporter quelque chose sur ma table, et elle l'aurait vue.

#### M. Vanderk Père

Et quelles précautions aviez-vous prises contre la juste rigueur des lois ?[16]

#### M. Vanderk Fils

La fuite.

#### M. Vanderk Père

Remontez à votre appartement, apportez-moi cette lettre, je vais écrire pour votre sûreté, si le Ciel vous conserve. Ah ! peut-on l'implorer pour un meurtre, et peut-être pour deux ?[17]

#### M. Vanderk Fils

Que je suis malheureux !

---

16. A partir de la réplique suivante jusqu'à la fin de l'acte III, le texte de l'Appendice, que nous suivons, diffère trop profondément du texte des éditions pour que nous puissions indiquer les variantes en suivant l'ordre des répliques ; on trouvera en annexe, à la fin de ce volume, le texte des éditions, c'est-à-dire la version imposée par la censure pour toute cette fin du IIIe acte.

17. *Et peut-être pour deux* : M. Vanderk pense, non seulement à la victoire qu'il espère pour son fils, mais aussi au jeune officier qu'il a lui-même tué jadis en duel.

#### M. Vanderk Père

Passez dans la chambre de votre mère ; dites lui... Non, il vaut mieux qu'il y ait douze heures de plus qu'elle ne vous ai vu. Ah ! Ciel !

### Scène IX

#### M. Vanderk Père, *seul*.

Infortuné ! Comment on doit peut compter sur le bonheur présent ! Je me suis couché le plus tranquille, le plus heureux des pères, et me voilà ! (*Il se met à son secrétaire et il écrit.*) Antoine ! Je ne peux avoir trop de confiance... (*Antoine entre.*) Ah ! pourvu que je le revoie ! (*Il écrit.*) Si son sang coulait pour son roi ou pour sa patrie ! Mais...

### Scène X

#### Antoine, M. Vanderk Père

#### Antoine

Que voulez-vous ?

#### M. Vanderk Père

Ce que je veux ? Ah ! qu'il vive !

#### Antoine

Monsieur...

#### M. Vanderk Père

Je ne t'ai pas entendu entrer.

### Antoine

Vous m'avez appelé.

### M. Vanderk Père

Antoine, je connais ta discrétion, ton affection pour moi et pour mon fils. Il sort pour se battre.

### Antoine

Contre qui ? Je vais...

### M. Vanderk Père

Cela est inutile.

### Antoine

Tout le quartier va le défendre ; je vais réveiller...

### M. Vanderk Père

Non, ce n'est pas...

### Antoine

Vous me tueriez plutôt que de...

### M. Vanderk Père

Tais-toi, il est encore ici. Le voici, laisse-nous.

## Scène XI

M. Vanderk Père, M. Vanderk Fils

#### M. Vanderk Fils
Je vais vous la lire.[18]

#### M. Vanderk Père
Non, donnez. Et quelle est votre marche, le lieu, l'instant ?

#### M. Vanderk Fils
Je n'ai voulu sortir de si bonne heure que pour ne pas manquer à ma parole. J'ai redouté l'embarras d'aujourd'hui, et de me trouver engagé de façon à ne pouvoir m'échapper. Ah ! comme j'aurais voulu retarder d'un jour !

#### M. Vanderk Père
Eh bien ?

#### M. Vanderk Fils
Sur les trois heures après-midi, nous nous rencontrerons derrière les petits remparts.

#### M. Vanderk Père
Et d'ici à trois heures, ne pouviez-vous rester ?

#### M. Vanderk Fils
Ah ! mon père, imaginez...

---

18. *Je vais vous la lire* : la lettre qu'il avait laissée sur la table de sa chambre, et que Victorine devait trouver.

M. Vanderk Père

Vous avez raison, je n'y pensais pas. Tenez, voici des lettres pour Calais et pour l'Angleterre ; vous aurez des relais. Puissiez-vous en avoir besoin !

M. Vanderk Fils

Mon père !

M. Vanderk Père

Ah ! mon fils ! On commence à remuer dans la maison. Adieu.

M. Vanderk Fils

Adieu, mon père ; embrassez pour moi...[19]

(*Son père le repousse avec tendresse et ne l'embrasse pas. Le fils fait quelques pas pour sortir, il se retourne et tend les bras à son père, qui lui fait signe de partir.*)

Scène XII

M. Vanderk Père, *seul.*

Ah ! mon fils ! Fouler aux pieds la raison, la nature et les lois ! Préjugé funeste ! Abus cruel du point d'honneur, tu ne pouvais avoir pris naissance que dans les temps les plus barbares ; tu ne pouvais subsister qu'au milieu d'une nation vaine et pleine d'elle-même, qu'au milieu d'un peuple dont chaque particulier

---

19. *Embrassez pour moi...* : nous suivons le texte de l'Appendice.

compte sa personne pour tout, et sa patrie et sa famille pour rien. Et vous, lois sages mais insuffisantes, vous avez désiré mettre un frein à l'honneur, vous avez ennobli l'échafaud ; votre sévérité a servi à froisser le cœur d'un honnête homme entre l'infamie et le supplice. Ah ! mon fils !

### Scène XIII

#### M. Vanderk Père, Antoine

##### Antoine

Vous l'avez laissé partir !

##### M. Vanderk Père

Que rien ne transpire ici.

##### Antoine

Il est déjà jour chez Madame, et, s'il allait chez elle...

##### M. Vanderk Père

Il est parti. Ah ! Ciel ! Viens, suis-moi, je vais m'habiller.

*Fin du troisième acte*

# Acte IV

### Scène Première

### Victorine, *seule*.

Je le cherche partout. Qu'est-il devenu ? Cela me passe. Il ne sera jamais prêt, il n'est pas habillé. Ah ! que je suis fâchée de m'être embarrassée de sa montre ! Je l'ai vu toute la nuit qui me disait : « Qu'à moi, qu'à moi, qu'à moi ! » Il est sorti de bien bonne heure, et à cheval. Mais si c'était cette dispute, et s'il était vrai qu'il fût allé... Ah ! j'ai un pressentiment ! Mais que risqué-je d'en parler ? J'en vais parler à Monsieur. Je parierais que c'est ce domestique qui s'est endormi hier au soir : il avait une mauvaise physionomie, il lui aura donné un rendez-vous. Ah !

### Scène II

### Victorine, M. Vanderk Père

### Victorine

Monsieur, on est bien inquiet. Madame la marquise dit : « Mon neveu est-il habillé ? Qu'on l'avertisse. Est-il prêt ? Pourquoi ne vient-il pas ? »

### M. Vanderk Père

Mon fils ?

### Victorine

Oui. Je l'ai demandé, je l'ai fait chercher. Je ne sais s'il est sorti ou s'il n'est pas sorti, mais je le l'ai pas trouvé.

### M. Vanderk Père

Il est sorti.

### Victorine

Vous savez donc, monsieur, qu'il est sorti ?

### M. Vanderk Père

Oui, je le sais. Voyez si tout le monde est prêt ; pour moi, je le suis. Où est votre père ?

### Victorine, *fait un pas, et revient*

Avez-vous vu, monsieur, hier, un domestique qui voulait parler à vous ou à monsieur votre fils ?

### M. Vanderk Père

Un domestique ? C'était à moi. J'ai donné parole à son maître aujourd'hui ; vous faites bien de m'en faire ressouvenir.

### Victorine, *à part*

Il faut que ce ne soit pas cela ; tant mieux, puisque Monsieur sait où il est.

#### M. Vanderk Père

Voyez donc où est votre père.

#### Victorine

J'y cours.


### Scène III

#### M. Vanderk Père, *seul*

Au milieu de la joie la plus légitime... Antoine ne vient point... Je voyais devant moi toutes les misères humaines. Je m'y tenais préparé. La mort même... Mais ceci... Hé ! que dire ?... Ah ! Ciel !...


### Scène IV

#### La Tante, M. Vanderk Père

#### M. Vanderk Père, *ayant repris un air serein*

Eh bien ! ma sœur, puis-je enfin me livrer au plaisir de vous revoir ?

#### La Tante

Mon frère, je suis très en colère ; vous gronderez après, si vous voulez.

#### M. Vanderk Père

J'ai tout lieu d'être fâché contre vous.

#### La Tante

Et moi contre votre fils.

### M. Vanderk Père

J'ai cru que les droits du sang n'admettaient point de ces ménagements[1], et qu'un frère...

### La Tante

Et moi, qu'une sœur comme moi mérite de certains égards.

### M. Vanderk Père

Quoi ! vous aurait-on manqué en quelque chose ?

### La Tante

Oui, sans doute.

### M. Vanderk Père

Qui ?

### La Tante

Votre fils.

### M. Vanderk Père

Mon fils ? Et quand peut-il vous avoir désobligée ?

### La Tante

A l'instant.

### M. Vanderk Père

A l'instant ?

---

1. *Ménagements* : faux-fuyants, déguisements ; allusion très claire aux propos embarrassés et protecteurs de la Tante en II, 9.

LA TANTE

Oui, mon frère, à l'instant. Il est bien singulier que mon neveu, qui doit me donner la main aujourd'hui, ne soit pas ici, et qu'il sorte.

M. VANDERK PÈRE

Il est sorti pour une affaire indispensable.

LA TANTE

Indispensable ! indispensable ! Votre sang-froid me tue. Il faut me le trouver mort ou vif[2] : c'est lui qui me donne la main !

M. VANDERK PÈRE

Je compte vous la donner, s'il le faut.

LA TANTE

Vous ? Au reste, je le veux bien, vous me ferez honneur. Oh çà, mon frère, parlons raison ; il n'y a point de choses que je n'ai imaginées pour mon neveu, quoi qu'il soit malhonnête à lui d'être sorti. Il y a près de mon château, ou plutôt près du vôtre, et je vous en rends grâce, il y a un certain fief qui a été enlevé à la famille en 1574, mais il n'est pas rachetable.

M. VANDERK PÈRE

Soit.

---

2. *Mort ou vif* : l'expression est à peu près synonyme de « à tout prix » ; mais, dans l'esprit du spectateur qui pense au danger que court le fils Vanderk, l'antithèse *mort ou vif* est d'une énergie inquiétante...

### La Tante

C'est un abus, mais c'est fâcheux.

### M. Vanderk Père

Cela peut être. Allons rejoindre...

### La Tante

Nous avons le temps. Il faut repeindre les vitraux de la chapelle. Cela vous étonne ?

### M. Vanderk Père

Nous parlerons de cela.

### La Tante

C'est que les armoiries sont écartelées d'Aragon[3] et que le lambel[4]...

### M. Vanderk Père

Ma sœur, vous ne partez pas aujourd'hui ?

### La Tante

Non, je vous assure.

---

3. *Écarteler* est un terme de blason, qui signifie « partager l'écu en quatre » (Académie 1762) ; « l'écartelé est lorsque l'écu est parti [= divisé] et coupé, et qu'il fait quatre carrés égaux » (*La Science des personnes de la Cour, de l'Épée et de la Robe* du sieur de Chevigni, Amsterdam, 1723, t. IV, p. 282) ; entendez que les armoiries sont partagées en quatre, et garnies des armes d'Aragon dans deux de leurs carrés.

4. *Lambel* : brisure dans le blason qui indique les branches cadettes.

#### M. Vanderk Père

Eh bien ! nous en parlerons demain.

#### La Tante

C'est que cette nuit j'ai arrangé, pour votre fils, j'ai arrangé des choses étonnantes. Il est aimable, il est aimable ; nous avons dans la province la plus riche héritière : c'est une Cramont Ballière de la Tour d'Agon[5], vous savez ce que c'est, elle est même parente de votre femme. Votre fils l'épouse, j'en fais mon affaire. Vous ne paraîtrez pas, vous ; je le propose, je le marie, il ira à l'armée, et moi je reste avec sa femme, avec ma nièce, et j'élève ses enfants.

#### M. Vanderk Père

Eh ! ma sœur !

#### La Tante

Ce sont les vôtres, mon frère.

#### M. Vanderk Père

Entrons dans le salon : sans doute on nous y attend.

### Scène V

#### Les Mêmes, Antoine

#### M. Vanderk Père, *à Antoine qui entre*

Antoine, reste ici.

---

5. VAR. On trouve *Agor* au lieu d'*Agon* dans 1766-I : c'est une coquille manifeste. — Agon est un petit port de Normandie, tout près de Coutances.

La Tante, *en s'en allant*

Je vois qu'il est heureux, mais très heureux pour mon neveu que je sois venue ici. Vous, mon frère, vous avez perdu tout idée de noblesse, de grandeur ; le commerce rétrécit l'âme, mon frère. Ce cher enfant ! ce cher enfant ! Mais c'est que je l'aime de tout mon cœur !

### Scène VI

Antoine, *seul*.

Oui, ma résolution est prise. Comment ! Un misérable, un drôle...

### Scène VII

Victorine, Antoine

Antoine

Qu'est-ce que tu demandes ?

Victorine

J'entrais.

Antoine

Je n'aime pas cela. Toujours sur mes talons : c'est bien étonnant, la curiosité, la curiosité ! Mademoiselle, voilà peut-être le dernier conseil que je vous donnerai de ma vie, mais la curiosité dans une jeune personne ne peut que la tourner à mal.

Victorine

Eh mais ! je venais vous dire...

### Antoine

Va-t'en, va-t'en. Écoute, sois sage et vis honnêtement, et tu ne pourras manquer.

### Victorine, *à part*

Qu'est-ce que cela veut dire ?

## Scène VIII
### Les Mêmes, M. Vanderk Père

### M. Vanderk Père

Sortez, Victorine, laissez-nous, et fermez la porte.

## Scène IX
### M. Vanderk Père, Antoine

### M. Vanderk Père

Avez-vous dit au chirurgien de ne pas s'éloigner ?

### Antoine

Non.

### M. Vanderk Père

Non ?

### Antoine

Non, non...

#### M. Vanderk Père

Pourquoi ?

#### Antoine

Pourquoi ? C'est que monsieur votre fils ne se battra pas.

#### M. Vanderk Père

Qu'est-ce que cela veut dire ?

#### Antoine

Monsieur, monsieur, un gentilhomme, un militaire, un diable, fût-ce un capitaine de vaisseau de roi, c'est ce qu'on voudra ; mais il ne se battra pas, vous dis-je. Ce ne peut être qu'un malhonnête homme, un assassin ; il lui a cherché querelle ; il croit le tuer, il ne le tuera pas.

#### M. Vanderk Père

Antoine !

#### Antoine

Non, monsieur, il ne le tuera pas, j'y ai regardé[6]... Je sais par où il doit venir ; je l'attendrai ; je l'attaquerai, il m'attaquera ; je le tuerai, ou il me tuera. S'il me tue, il sera plus embarrasé que moi ; si je le tue, monsieur, je vous recommande ma fille. Au reste, je n'ai pas besoin de vous la recommander.

---

6. *J'y ai regardé* : j'y ai veillé, j'y ai paré (« *Regarder* signifie figurément prendre garde, songer mûrement à quelque chose », Académie 1762).

#### M. Vanderk Père

Antoine, ce que vous dites est inutile, et jamais...

#### Antoine

Vos pistolets, vos pistolets. Vous m'avez vu, vous m'avez vu sur ce vaisseau, il y a longtemps. Qu'importe ? En fait de valeur, il ne faut qu'être homme, et des armes.

#### M. Vanderk Père

Eh mais, Antoine !

#### Antoine

Monsieur... ah ! mon cher maître, un jeune homme d'une si belle espérance ! Ma fille me l'avait dit. Et l'embarras d'aujourd'hui, et la noce, et tout ce monde... A l'instant même... Les clefs du magasin, je les emportais. (*Il remet les clefs sur une table.*) Ah ! j'en deviendrai fou ! Ah ! dieux !

#### M. Vanderk Père

Il me brise le cœur. Écoutez-moi, Antoine, je vous dis de m'écouter.

#### Antoine

Monsieur !

#### M. Vanderk Père

Antoine, croyez-vous que je n'aime pas mon fils plus que vous ne l'aimez ?

#### Antoine

Et c'est à cause de cela : vous en mourrez.

#### M. Vanderk Père

Non.

#### Antoine

Ah ! Ciel !

#### M. Vanderk Père

Antoine, vous manquez de raison ; je ne vous conçois pas aujourd'hui ! Écoutez-moi.

#### Antoine

Monsieur !

#### M. Vanderk Père

Écoutez-moi, vous dis-je ; rappelez toute votre présence d'esprit, j'en ai besoin. Écoutez avec attention ce que je vais vous confier. On peut venir à l'instant, et je ne pourrais plus vous parler... Crois-tu, mon pauvre Antoine, crois-tu, mon vieux camarade, que je sois insensible ? N'est-ce pas mon fils ? N'est-ce pas lui qui fonde dans l'avenir tout le bonheur de ma vieillesse ? Et ma femme... Ah ! quel chagrin ! sa santé faible... Mais c'est sans remède : le préjugé qui afflige notre nation rend son malheur inévitable.

#### Antoine

Eh ! ne pouviez-vous accommoder cette affaire ?

#### M. Vanderk Père

L'accommoder ! Tu ne connais pas toutes les entraves de l'honneur. Où trouver son adversaire ? Où le rencontrer à présent ? Est-ce sur le champ de bataille que de pareilles affaires s'accommodent ? Et[7] n'est-il pas contre les mœurs et contre les lois que je paraisse en être instruit ?[8] Et si mon fils eût hésité, s'il eût molli, si cette cruelle affaire s'était accommodée, combien s'en préparait-il dans l'avenir ! Il n'est point de demi-brave, il n'est point de petit homme qui ne cherchât à le tâter[9] ; il lui faudrait dix affaires heureuses pour faire oublier celle-ci. Elle est affreuse dans tous ses points, car il a tort.

ANTOINE

Il a tort ?

M. VANDERK PÈRE

Une étourderie.

ANTOINE

Une étourderie ?

M. VANDERK PÈRE

Oui, mais ne perdons pas de temps en vaines discussions. Antoine !

---

7. Les éditions donnent : *Eh ! n'est-il pas contre les mœurs...* Nous corrigeons comme nous l'avons déjà fait, p. 29 et p. 65.

8. VAR. *Où trouver son adversaire ? Où le rencontrer à présent ? Est-ce sur le champ de bataille que de pareilles affaires s'accommodent ? Et n'est-il pas contre les mœurs et contre les lois que je paraisse en être instruit ?* Toutes ces phrases manquent dans le manuscrit du souffleur.

9. *Il n'est point de demi-brave... qui ne cherchât à le tâter* : il n'est point de fanfaron, il n'est point de gringalet qui n'aurait cherché à l'offenser pour voir s'il se défendrait.

ANTOINE

Monsieur.

M. Vanderk Père

Exécutez de point en point ce que je vais vous dire.

ANTOINE

Oui, monsieur.

M. Vanderk Père

Ne passez mes ordres en aucune manière ; songez qu'il y va de l'honneur de mon fils et du mien : c'est vous dire tout !

ANTOINE

Ah ! Ciel !

M. Vanderk Père

Je ne peux me confier qu'à vous, et je me fie à votre âge, à votre expérience, et je peux dire à votre amitié. Rendez-vous au lieu où ils doivent se rencontrer. Déguisez-vous de façon à n'être pas reconnu ; tenez-vous-en le plus loin que vous pourrez ; ne soyez, s'il est possible, reconnu en aucune manière. Si mon fils a le bonheur cruel de tuer son adversaire, montrez-vous alors. Il sera agité, il sera égaré, il verra mal ; voyez pour lui, portez sur lui toute votre attention, veillez à sa fuite, donnez-lui votre cheval, faites ce qu'il vous dira, faites ce que la prudence vous conseillera. Lui parti, portez sur-le-champ tous vos soins à son adversaire : s'il respire encore, emparez-vous de ses derniers moments, donnez-lui tous les secours qu'exige l'humanité, expiez autant qu'il est en vous le crime auquel je participe puisque... puisque... Cruel honneur !... Mais, Antoine, si le Ciel me punit autant que je dois l'être, s'il dispose de mon fils... je suis père, et je crains mes premiers mouvements ; je suis père... et cette fête, cette noce... ma femme... ma santé... moi-même... Alors tu accourras ; mon fils a son domestique, tu accourras ; mais, comme ta présence m'en dirait trop[10], aie cette attention, écoute bien, aie-la pour moi, je t'en supplie : tu frapperas trois coups à la porte de la basse-cour, trois coups distinctement, et tu te rendras ici, ici dedans, dans ce cabinet ; tu ne parleras à personne ; mes chevaux seront mis, nous y courrons.

### ANTOINE

Mais, monsieur...

### M. VANDERK PÈRE

Voici quelqu'un, et c'est sa mère.

## SCÈNE X

### LES MÊMES, MADAME VANDERK

### MADAME VANDERK

Ah ! mon cher ami, tout le monde est prêt ; voici vos gants, Antoine. Eh ! comme te voilà fait ! Tu aurais bien dû te mettre en noir, te faire beau le jour du mariage de ma fille. Je ne te pardonne pas cela.

---

10. VAR. *Alors tu accourras ; mais, comme ta présence m'en dirait trop* (1766-II).

ANTOINE

C'est que... madame... Je vais en affaire. Oui, oui... madame.

M. Vanderk Père

Allez, allez, Antoine, faites ce que je vous ai dit.

ANTOINE

Oui, monsieur.

M. Vanderk Père

N'oubliez rien.

ANTOINE

Oui, monsieur[11].

Madame Vanderk

Antoine !

ANTOINE

Madame...

Madame Vanderk

Si tu trouves mon fils, je t'en prie, dis-lui qu'il ne tarde point.

M. Vanderk Père

Allez, Antoine, allez.

(*Antoine et M. Vanderk se regardent. Antoine sort.*)

---

11. VAR. Cette réplique et la précédente sont omises dans 1766-I.

## Scène XI

### M. et Madame Vanderk

#### Madame Vanderk

Antoine a l'air bien effarouché[12].

#### M. Vanderk Père

Tout ceci l'échauffe et le dérange.

#### Madame Vanderk

Ah ! mon ami, faites-moi compliment : il y a plus de deux ans que je ne me suis si bien portée... Ma fille... mon gendre, toute cette famille est si respectable, si honnête, la bonne robe est sage comme les lois. Mais, mon ami, j'ai un reproche à vous faire, et votre sœur a raison : vous donnez aujourd'hui de l'occupation à votre fils, vous l'envoyez je ne sais en quel endroit ; au reste, vous le savez. Il faut cependant que ce soit très loin, car je suis sûre qu'il ne s'est point amusé[13]. Et lorsqu'il va revenir, il ne pourra nous rejoindre. Victorine a dit à ma fille qu'il n'était point habillé, et qu'il était monté à cheval.

#### M. Vanderk Père,
*lui prenant la main affectueusement*

Laissez-moi respirer, et permettez-moi de ne penser qu'à votre satisfaction. Votre santé me fait le plus grand plaisir : nous avons tellement besoin de nos forces,

---

12. *Effarouché* : effrayé, bouleversé.
13. *Qu'il ne s'est point amusé* : qu'il n'a pas perdu de temps.

l'adversité est si près de nous, la plus grande félicité est si peu stable, si peu... Ne faisons point attendre ; on doit nous trouver de moins dans la compagnie. La voici.

### Scène XII

#### Les Mêmes, Sophie, le Gendre, la Tante, *dans le fond*.

#### M. Vanderk Père

Allons, belle jeunesse. Madame, nous avons été ainsi. Puissiez-vous, mes enfants, voir un pareil jour (*à part*) et plus beau que celui-ci !

*Fin du quatrième acte*

# Acte V

### Scène Première

Victorine, *se retournant vers la coulisse d'où elle sort.*

M. Antoine, M. Antoine, M. Antoine ! Le maître d'hôtel, les gens, les commis, tout le monde demande M. Antoine. Il faut que j'aie la peine de tout. Mon père est bien étonnant : je le cherche partout, je ne le trouve nulle part. Jamais ici il n'y a eu tant de monde, et jamais... Eh ?... Quoi ?... Hein ?... Antoine, Antoine ! Eh bien, qu'ils appellent ! Cette cérémonie que je croyais si gaie, grands dieux, comme elle est triste ! Mais lui, ne s'être pas trouvé au mariage de sa sœur ! Et d'un autre côté aussi, mon père, avec ses raisons : « Sois sage, sois sage, et tu ne pourras manquer... » Où est-il allé ? Je...

### Scène II

M. Desparville Père, Victorine

#### M. Desparville Père

Mademoiselle, puis-je entrer ?

### Victorine

Monsieur, vous êtes sans doute de la noce. Entrez dans le salon.

### M. Desparville Père

Je n'en suis pas, Mademoiselle, je n'en suis pas.

### Victorine

Ah ! monsieur, si vous n'en êtes pas, pour quelle raison ?...

### M. Desparville Père

Je viens pour parler à M. Vanderk.

### Victorine

Lequel ?

### M. Desparville Père

Mais le négociant ! Est-ce qu'il y a deux négociants de ce nom-là ? C'est celui qui demeure ici.

### Victorine

Ah ! monsieur, quel embarras ! Je vous assure que je ne sais comment Monsieur pourra vous parler au milieu de tout ceci ; et même on serait à table, si on n'attendait quelqu'un qui se fait bien attendre.

### M. Desparville Père

Mademoiselle, M. Vanderk m'a donné parole ici aujourd'hui, à cette heure.

### Victorine

Il ne savait donc pas l'embarras...

### M. Desparville Père

Il ne savait pas, il ne savait pas ! C'est hier au soir qu'il me l'a fait dire.

### Victorine

J'y vais donc, si je peux l'aborder ; car il répond à l'un, il répond à l'autre. Je dirai... Qu'est-ce que je dirai ?

### M. Desparville Père

Dites que c'est quelqu'un qui voudrait lui parler ; que c'est quelqu'un à qui il a donné parole à cette heure-ci, sur une lettre qu'il en a reçue. Ajoutez que... Non... Dites-lui seulement cela.

### Victorine

J'y vais... Quelqu'un... Mais, monsieur, permettez-moi de vous demander votre nom.

### M. Desparville Père

Il le sait bien peu. Dites, au reste, que c'est M. Desparville ; que c'est le maître d'un domestique...

### Victorine

Ah ! je sais, un homme qui avait un visage... qui avait un air... Hier au soir... J'y vais, j'y vais.

## Scène III

### M. Desparville Père, *seul*.

Que de raisons ! Parbleu ! ces choses-là sont bien faites pour moi. Il faut que cet homme marie justement sa fille aujourd'hui, le jour, le même jour que j'ai à lui parler. C'est fait exprès ; oui, c'est fait exprès pour moi ; ces choses-là n'arrivent qu'à moi. Peste soit des enfants ! Je ne veux plus m'embarrasser de rien. Je vais me retirer dans ma province. « Mais, mon père, mon père... — Mais, mon fils, va te promener ! J'ai fait mon temps, fais le tien. » Ah ! c'est apparemment notre homme. Encore un refus que je vais essuyer.

### Scène IV

M. Vanderk Père, M. Desparville Père

#### M. Desparville Père

Monsieur, monsieur, je suis fâché de vous déranger. Je sais tout ce qui vous arrive : vous mariez votre fille[1], vous êtes à l'instant en compagnie. Mais un mot, un seul mot.

#### M. Vanderk Père

Et moi, monsieur, je suis fâché de ne vous avoir pas donné une heure plus prompte. On vous a peut-être fait attendre. J'avais dit à quatre heures[2], et il est trois heures seize minutes. Monsieur, asseyez-vous.

#### M. Desparville Père

Non, parlons debout, j'aurai bientôt dit. Monsieur,

---

1. VAR. *vous mariez votre fille aujourd'hui* (1766-II).
2. Il a dit exactement : « entre trois et quatre heures après-midi » (II, 5). Notons le souci constant d'indiquer l'heure précise où se déroule chaque acte.

je crois que le diable est après moi. J'ai depuis quelque temps besoin d'argent[3], et encore plus depuis hier, pour la circonstance la plus pressante, et que je ne peux pas dire... J'ai une lettre de change, bonne, excellente ; c'est, comme disent vos marchands, c'est de l'or en barre. Mais elle sera payée quand ? je n'en sais rien[4] : ils ont des usages, des usances[5], des termes que je ne comprends pas. J'ai été chez plusieurs de vos confrères, des Juifs, des Arabes, pardonnez-moi le terme, oui, des Arabes. Ils m'ont demandé[6] des remises considérables, parce qu'ils voient que j'en ai besoin. D'autres m'ont refusé tout net. Devineriez-vous pourquoi un homme hier m'a refusé ?

M. VANDERK PÈRE

Non, monsieur.

M. DESPARVILLE PÈRE

Parce que ce ruban-là est bleu, et parce qu'il n'est pas rouge. Vous ne pensez pas de même, peut-être ?

M. VANDERK PÈRE

Monsieur, les honnêtes gens n'ont besoin que de la probité de leurs semblables, et non de leurs opinions.

---

3. VAR. *J'ai depuis quelques jours besoin d'argent* (éditions) ; nous suivons le texte de l'Appendice.

4. VAR. *Mais elle sera payée quand ? quand ? je n'en sais rien* (éditions) ; nous suivons le texte de l'Appendice.

5. *Usances* : « terme pour le paiement des lettres de change, déterminé suivant l'usage des places sur lesquelles elles ont été tirées ; ce terme est souvent de trente jours » (Littré).

6. VAR. *chez plusieurs de vos confrères ; mais tous ceux que j'ai vus jusqu'à présent sont des Arabes, des Juifs, pardonnez-moi le terme, oui des Juifs. Ils m'ont demandé* (éditions) ; nous suivons le texte de l'Appendice.

## M. Desparville Père

Ce que vous me dites est juste, et l'univers ne serait qu'une famille si tout le monde pensait comme vous[7]. Mais que je ne vous retarde point. Pouvez-vous m'avancer le paiement de ma lettre de change, ou ne le pouvez-vous pas ?

## M. Vanderk Père

Puis-je la voir ?

## M. Desparville Père

La voilà. (*Pendant que M. Vanderk lit.*) Je paierai tout ce qu'il faudra. Je sais qu'il y a des droits. Faut-il le quart ? Faut-il... J'ai besoin d'argent.

## M. Vanderk Père, *Il sonne*

Monsieur, je vais vous la faire payer[8].

## M. Desparville Père

A l'instant ?

## M. Vanderk Père

Oui, monsieur.

---

7. VAR. *Devineriez-vous pourquoi un homme hier m'a refusé... si tout le monde pensait comme vous.* Tout ce passage manque dans le manuscrit du souffleur et les éditions, et nous est fourni seulement par l'Appendice.

8. VAR. M. Vanderk Père *sonne ; on entend la sonnette* : *Monsieur, je vais vous la payer* (1766-II).

## M. Desparville Père

A l'instant ! Prenez, monsieur[9]. Ah ! quel service vous me rendez ! Prenez, prenez, monsieur.

(*Le domestique entre.*)

## M. Vanderk Père

Allez à ma caisse, apportez le montant de cette lettre, 2400 livres.

## M. Desparville Père

Faites retenir, monsieur, le compte, la compte, le...

## M. Vanderk Père

Non, monsieur, je ne prends point d'escompte[10], ce n'est pas mon commerce, et, je vous l'avoue avec plaisir, ce servive ne me coûte rien. Votre lettre vient de Cadix, elle est pour moi une rescription[11], elle devient pour moi de l'argent comptant.

---

9. VAR. *A l'instant ! Prenez, prenez, monsieur* (éditions) ; nous suivons le texte de l'Appendice.

10. VAR. M. Vanderk Père, *au domestique qu'il a sonné* : *Allez à ma caisse, apportez le montant de cette lettre, 2400 livres.* / M. Desparville Père : *Monsieur, au service que vous me rendez, pourriez-vous en ajouter un second, celui de me faire donner de l'or ?* / M. Vanderk Père : *Volontiers, monsieur.* (*Au domestique.*) *Apportez la somme en or.* / M. Desparville Père, *au domestique qui sort* : *Faites retenir, monsieur, l'escompte, l'acompte...* / M. Vanderk Père : *Non, monsieur, je ne prends point d'escompte* (éditions) ; nous suivons le texte de l'Appendice.

11. *Une rescription* : « Ordre, mandement par écrit que l'on donne pour toucher certaine somme sur quelque fonds, sur quelque personne. On lui a donné une rescription de mille écus sur un tel fermier. Il est porteur d'une rescription sur le receveur des tailles » (Académie 1762).

#### M. Desparville Père

Monsieur, voilà de l'honnêteté, voilà de l'honnêteté. Vous ne savez pas toute l'étendue du service que vous me rendez[12].

#### M. Vanderk Père

Je souhaite qu'il soit considérable.

#### M. Desparville Père

Ah ! monsieur, monsieur, que vous êtes heureux ! Vous n'avez qu'une fille ?[13]

#### M. Vanderk Père

J'espère que j'ai un fils.

#### M. Desparville Père

Un fils ! Mais il est sûrement[14] dans le commerce, dans un état tranquille. Mais le mien, le mien est dans le service. A l'instant que je vous parle, n'est-il pas occupé à se battre ?

#### M. Vanderk Père

A se battre !

---

12. VAR. *Monsieur, monsieur, voilà de l'honnêteté, voilà de l'honnêteté. Vous ne savez pas toute l'obligation que je vous ai, toute l'étendue du service que vous me rendez* (éditions) ; nous suivons le texte de l'Appendice.

13. VAR. *Ah ! monsieur, monsieur, ah ! que vous êtes heureux ! Vous n'avez qu'une fille, vous ?* (éditions) ; nous suivons le texte de l'Appendice.

14. VAR. *Mais il est apparemment* (éditions) ; nous suivons le texte de l'Appendice.

## M. Desparville Père

Oui, monsieur, à se battre : un autre jeune homme dans un café, un petit brutal[15] lui a cherché querelle, je ne sais pourquoi, je ne sais comment, il ne le sait pas lui-même.

## M. Vanderk Père

Que je vous plains, et qu'il est à craindre ![16]

## M. Desparville Père

A craindre ? Je ne crains rien : mon fils est brave, il tient de moi, et adroit, adroit ! A vingt pas, il couperait une balle en deux sur une lame de couteau. Mais il faut qu'il s'enfuie, c'est le diable, c'est une mauvaise affaire, vous entendez bien, vous entendez bien[17]. Je me fie à vous, vous m'avez gagné l'ame[18].

---

15. VAR. *Un petit étourdi* (éditions) ; nous suivons le texte de l'Appendice.

16. *Qu'il est à craindre* : qu'il y a à craindre ! Le pronom *il* est employé au neutre.

17. VAR. *c'est le diable, c'est un duel, vous entendez bien, vous entendez bien* (manuscrit du souffleur) ; *c'est le diable, vous entendez bien, vous entendez bien* (éditions) ; nous suivons le texte de l'Appendice.

18. Voici comment se termine la scène dans les éditions : ... *vous m'avez gagné l'âme.* / M. Vanderk Père : *Monsieur, je suis flatté de votre...* (*On frappe à la porte un coup.*) *Je suis flatté de ce que...* (*un second coup.*) / M. Desparville Père : *Ce n'est rien, c'est qu'on frappe chez vous.* (*un troisième coup.*) / *M. Vanderk tombe sur son siège.* / M. Desparville Père : *Monsieur, vous ne vous trouvez pas indisposé ?* / M. Vanderk Père : *Ah ! monsieur, tous les pères ne sont pas malheureux !* (*Le domestique entre, il tient les rouleaux de louis.*) *Voilà votre somme. Partez, monsieur, vous n'avez pas de temps à perdre.* / M. Desparville Père : *Que je vous suis*

#### M. Vanderk Père

Monsieur, je suis flatté de votre... (*Pan. On frappe un coup à la porte.*) Je suis flatté de ce que... (*Pan, un second coup.*)

#### M. Desparville Père

Ce n'est rien, c'est qu'on frappe chez vous !

#### M. Vanderk Père (*Pan, un troisième coup*)

Ah ! monsieur, tous les pères ne sont pas malheureux !

#### M. Desparville Père

Vous ne vous trouvez pas indisposé ?

#### M. Vanderk Père

Non, monsieur. (*Le domestique rentre avec les 2400 livres.*) Ah ! voilà votre somme ; partez, monsieur, vous n'avez pas de temps à perdre.

#### M. Desparville Père

Ah ! monsieur, que je vous suis obligé ! (*Il fait quelques pas, et revient.*) Monsieur, au service que vous me rendez, pourriez-vous en ajouter un second ? Auriez-vous de l'or ? C'est que je vais donner à mon fils...

#### M. Vanderk Père

Oui, monsieur.

---

*obligé, monsieur !* / M. Vanderk Père : *Permettez-moi de ne pas vous reconduire.* / M. Desparville Père : *Ah ! vous avez affaire ! Ah ! le brave homme ! ah ! l'honnête homme ! Monsieur, mon sang est à vous ! Restez, restez, restez, je vous en prie.* — Nous suivons le texte de l'Appendice.

M. Desparville Père

Avant que j'aie pu rassembler quelques louis, je peux perdre un temps infini.

M. Vanderk Père, *au domestique*

Retirez les deux sacs de 1200 livres. Voici, monsieur, quatre rouleaux de vingt-cinq louis chacun ; ils sont cachetés et comptés exactement.

M. Desparville Père

Ah ! monsieur, que vous m'obligez !

M. Vanderk Père

Partez, monsieur, permettez-moi de ne pas vous reconduire.

M. Desparville Père

Restez, restez, monsieur, je vous en prie. Vous avez affaire. Ah ! le brave homme ! ah ! l'honnête homme ! Monsieur, mon sang est à vous ; restez, restez, restez, je vous en supplie. Ah ! l'honnête homme !

Scène V

M. Vanderk Père, *seul.*

Mon fils est mort... Je l'ai vu là... et je ne l'ai pas embrassé... O Ciel ! Antoine tarde bien... Que de peine sa naissance me préparait ![19] Que de chagrin sa mère...

---

19. VAR. *et je ne l'ai pas embrassé ! Ah ! Ciel... que de peine sa naissance me préparait* (éditions) ; nous suivons le texte de l'Appendice.

## Scène VI

M. Vanderk Père, des Musiciens, *des crocheteurs chargés de basses, de contrebasses.*[20]

### L'un des Musiciens

Monsieur, est-ce ici ?

### M. Vanderk Père

Que voulez-vous ? Ah ! Ciel ! (*Il regarde en frémissant, et se renverse dans son fauteuil.*)

### Le Musicien

C'est qu'on nous dit de mettre ici nos instruments, et nous allons...

## Scène VII

Antoine, les Acteurs Précédents

### Antoine,
*entre, les prend, les pousse, les chasse avec fureur*

Hé ! mettez votre musique à tous les diables ! Est-ce que la maison n'est pas assez grande ?

### Le Musicien

Nous allons... nous allons.

---

20. VAR. Le texte de ces deux scènes 6 et 7 est fourni uniquement par l'Appendice (voir ci-dessus notre introduction, p. XI).

## Scène VIII

Antoine, M. Vanderk Père

#### M. Vanderk Père

Eh bien ?

#### Antoine

Ah ! mon maître, tous deux ! J'étais très loin, mais j'ai vu, j'ai vu... Ah ! monsieur !

#### M. Vanderk Père

Mon fils ?

#### Antoine

Oui, ils se sont approchés à bride abattue. L'officier a tiré, votre fils ensuite ; l'officier est tombé d'abord, il est tombé le premier. Après cela, monsieur, ah ! mon cher maître, les chevaux se sont séparés, je suis accouru[21], je...[22]

#### M. Vanderk Père

Voyez si mes chevaux sont mis ; faites approcher par la porte de derrière, venez m'avertir, courons-y, peut-être n'est-il que blessé.

---

21. Les éditions et l'Appendice donnent : *je suis couru*. Nous corrigeons d'après IV, 9, ci-dessus p. 93 (« tu accourras »).

22. VAR. Les éditions répètent ce pronom en fin de réplique : *je... je... ;* nous suivons le texte de l'Appendice.

### Antoine

Mort, mort : j'ai vu sauter son chapeau ! Mort ![23]

## Scène IX

### Les Acteurs Précédents, Victorine

### Victorine

Mort ! Son chapeau ! Le chapeau de qui donc ? Mort ! ah ! monsieur ![24]

### M. Vanderk Père

Que demandez-vous ?

### Antoine

Qu'est-ce que tu demandes ? Sors d'ici tout à l'heure.

### M. Vanderk Père

Laissez-la. Allez, Antoine, faites ce que je vous dis.

## Scène X

### M. Vanderk Père, Victorine[25]

### M. Vanderk Père

Que voulez-vous, Victorine ?

---

23. L'Appendice place par erreur cette réplique d'Antoine au début de la scène 9 ; il faut de toute évidence la mettre, comme dans les éditions, à la fin de la scène 8.

24. VAR. *Mort ! eh ! qui donc ? qui donc ?* (éditions) ; nous suivons le texte de l'Appendice.

25. VAR. Les éditions donnent en tête de cette scène : M. Van-

### Victorine

Je venais demander si on doit faire servir, et j'ai rencontré un monsieur qui m'a dit que vous vous trouviez mal.

### M. Vanderk Père

Non, je ne me trouve pas mal. Où est la compagnie ?

### Victorine

On va servir.

### M. Vanderk Père

Tâchez de parler à Madame en particulier. Vous lui direz que je suis à l'instant forcé de sortir, que je la prie de ne pas s'inquiéter, mais qu'elle fasse en sorte qu'on ne s'aperçoive pas de mon absence. Je serai peut-être... Mais vous pleurez, Victorine.

### Victorine

Mort ! Eh ! qui donc ? monsieur votre fils ?

### M. Vanderk Père

Victorine !

### Victorine

J'y vais, monsieur. Non, je ne pleurerai pas, je ne pleurerai pas.

---

derk Père, Victorine (*Antoine dans l'appartement.*) Cette dernière indication est absurde, car Antoine est parti chercher le carrosse de son maître, et il reviendra tout à l'heure ignorant tout de l'heureux dénouement de la rencontre.

M. Vanderk Père

Non, restez, je vous l'ordonne : vos pleurs vous trahiraient. Je vous défends de sortir d'ici que je ne sois rentré.

Victorine, *apercevant M. Vanderk fils*

Ah ! monsieur !

M. Vanderk Père

Mon fils !

### Scène XI

MM. Vanderk Pere & Fils,
MM. Desparville Père & Fils, Victorine

M. Vanderk Fils

Mon père !

M. Vanderk Père

Mon fils !... Je t'embrasse... Je te revois sans doute honnête homme ?

M. Desparville Père

Oui, morbleu ! il l'est.

M. Vanderk Fils

Je vous présente MM. Desparville.

M. Vanderk Père

Messieurs...

## ACTE V, SCÈNE XI

### M. Desparville Père

Monsieur, je vous présente mon fils. N'était-ce pas mon fils, n'était-ce pas lui justement qui était son adversaire ?

### M. Vanderk Père

Comment ! Est-il possible que cette affaire...

### M. Desparville Père

Bien, bien, morbleu ! bien. Je vais vous raconter.

### M. Desparville Fils

Mon père, permettez-moi de parler.

### M. Vanderk Fils

Qu'allez-vous dire ?

### M. Desparville Fils

Souffrez de moi cette vengeance.

### M. Vanderk Fils

Vengez-vous donc.

### M. Desparville Fils

Le récit serait trop court si vous le faisiez, monsieur, et à présent votre honneur[26] est le mien... (*A M. Vanderk père.*) Il me paraît, monsieur, que vous étiez aussi

---

26. *Votre honneur est le mien* : l'honneur que vous venez d'acquérir m'intéresse directement (il faut donc que je fasse un récit circonstancié de la façon dont vous vous êtes conduit envers moi).

instruit que mon père l'était. Mais voici ce que vous ne savez pas. Nous nous sommes rencontrés ; j'ai couru sur lui : j'ai tiré ; il a foncé sur moi, il m'a dit : « Je tire en l'air » et il l'a fait. « Écoutez, m'a-t-il dit en me serrant la botte[27], j'ai cru hier que vous insultiez mon père en parlant des négociants ; je vous ai insulté. J'ai senti que j'avais tort, je vous en fais mes excuses. N'êtes-vous pas content[28], éloignez-vous et recommençons. » Je ne peux, monsieur, vous exprimer ce qui s'est passé en moi ; je me suis précipité de mon cheval, il en a fait autant et nous nous sommes embrassés. J'ai rencontré mon père, lui à qui, pendant ce temps-là, lui à qui vous rendiez service. Ah ! monsieur !

### M. Desparville Père

Et vous le saviez, morbleu ! et je parie que ces trois coups frappés à la porte... Quel homme êtes-vous ? Et vous m'obligiez pendant ce temps-là ! Moi, je suis ferme, je suis honnête ; mais, en pareille occasion, à votre place, j'aurais envoyé le baron Desparville à tous les diables !

### M. Vanderk Père

Ah ! messieurs, qu'il est difficile de passer d'un grand chagrin à une grande joie !

### Victorine, *se saisit du chapeau du fils*

Ah ! Ciel ! ah, monsieur !

---

27. *Serrer la botte,* c'est aller à la même allure que le cavalier à qui l'on s'adresse, botte contre botte, et en quelque sorte le forcer à écouter.

28. *N'êtes-vous pas content* : proposition indépendante à valeur conditionnelle (si vous n'êtes pas satisfait...).

### ACTE V, SCÈNE XI

#### M. Vanderk Fils

Quoi donc, Victorine ?

#### Victorine

Votre chapeau est percé d'une balle !

#### M. Desparville Fils

D'une balle ! Ah ! mon ami !

(*Ils s'embrassent.*)

#### M. Vanderk Père

Messieurs, j'entends du bruit. Nous allons nous mettre à table, faites-moi l'honneur d'être du dîner.[30] Que rien ne transpire ici : cela troublerait la fête. Après ce qui s'est passé, monsieur, vous ne pouvez être que le plus grand ami ou le plus grand ennemi de mon fils, et vous n'avez pas la liberté du choix.

#### M. Desparville Fils,
*baise la main de M. Vanderk père.*

Ah ! monsieur.

#### M. Desparville Père

Bien, bien, mon fils ; ce que vous faites là est bien.

#### Victorine, *à M. Vanderk fils*

Qu'à moi, qu'à moi ! Ah ! cruel !

---

29. VAR. Ces quatre répliques concernant le chapeau de Vanderk fils ainsi que les indications de scène correspondantes ne figurent que dans l'Appendice.

30. VAR. *Nous allions nous mettre à table, faites-moi l'honneur d'être de la noce* (1766-II).

### M. Vanderk Fils

Que je suis aise de te revoir, ma chère Victorine !

### M. Vanderk Père

Victorine, taisez-vous[31].

## Scène XII

### Madame Vanderk, Sophie, le Gendre et les Acteurs Précédents

### Madame Vanderk

Ah ! te voilà, mon fils. (*A M. Vanderk père.*) Mon cher ami, peut-on faire servir ? Il est tard.

### M. Vanderk Père

Ces messieurs veulent bien rester. Voici, messieurs, ma femme, mon gendre et ma fille que je vous présente.

### M. Desparville Père

Quel bonheur mérite une telle famille !

---

31. VAR. *Victorine, retirez-vous* (Appendice). Pour une fois, nous ne suivons pas le texte de l'Appendice, et nous lui préférons la leçon des éditions. En effet, Victorine ne quitte nullement la scène, et, dans un instant, elle interviendra de manière charmante pour imposer silence à son père ! M. Vanderk lui dit : *Taisez-vous,* c'est-à-dire : Ne parlez pas du duel devant ma femme et ma sœur, qui ignorent tout de ce qui s'est passé !

### Scène XIII

La Tante et les Acteurs Précédents

#### La Tante

On dit que mon neveu est arrivé. Hé ! te voilà, mon cher enfant !

#### M. Vanderk Père

Madame[32], vous demandiez des militaires, en voilà. Aidez-moi à les retenir.

#### La Tante

Hé ! c'est le vieux baron Desparville.

#### M. Desparville Père

Hé ! c'est vous, madame la marquise ! Je vous croyais en Berry.

#### La Tante

Que faites-vous ici ?

#### M. Desparville Père

Vous êtes, Madame, chez le plus brave homme, le plus, le plus...

---

32. VAR. *Hé te voilà, mon cher enfant ! Je n'ai eu qu'un cri après toi ! Je t'ai demandé, je t'ai désiré. Ah ! ton père est singulier, mais très singulier ! Te donner une commission le jour du mariage de ta sœur ! / M. Vanderk Père : Madame* (éditions) ; nous suivons le texte de l'Appendice.

## M. Vanderk Père

Monsieur, monsieur, passons dans le salon, vous y renouerez connaissance. Ah ! messieurs, ah ! mes enfants, je suis dans l'ivresse de la plus grande joie. (*A sa femme.*)[33] Madame, voilà notre fils.

(*Il embrasse son fils ; le fils embrasse sa mère.*)

### Scène XIV et dernière

#### Antoine et les Acteurs Précédents

#### Antoine

Le carrosse est avancé, monsieur, et... Ah ! Ciel, ah ! dieux, ah ! monsieur !

#### Madame Vanderk[34]

Eh bien ! eh bien ! Antoine ! Eh, mais... la tête lui tourne aujourd'hui !

#### La Tante

Cet homme est fou[35].

(*Victorine court à son père, lui met la main sur la bouche, et l'embrasse.*)

---

33. VAR. Cette indication de scène figure dans les éditions, mais elle est omise dans l'Appendice ; il faut évidemment la rétablir.

34. Les éditions donnent : M. de Vanderk Père, ce qui est absurde ; nous suivons le texte de l'Appendice.

35. VAR. *Cet homme est fou, il faut le faire enfermer* (éditions) ; nous suivons le texte de l'Appendice.

## M. Vanderk Père

Paix, Antoine. Voyez à nous faire servir[36].

(*La compagnie fait un pas et cependant Antoine dit* :)[37]

## Antoine

Je ne sais si c'est un rêve. Ah ! quel bonheur ! Il fallait que je fusse aveugle... Ah ! jeunes gens, jeunes gens, ne penserez-vous jamais que l'étourderie même la plus pardonnable peut faire le malheur de tout ce qui vous entoure ?[38]

*Fin du cinquième et dernier acte.*

---

36. VAR. Ici, le manuscrit du souffleur intercalait la réplique suivante : M. Vanderk Fils, *en souriant à Desparville fils* : *Il est fou ! Il est fou !* (*Ils sortent.*).

37. VAR. Cette indication de scène, qui figure dans les éditions, est omise dans l'Appendice ; nous la rétablissons, parce qu'elle est indispensable à l'intelligence de cette fin du dernier acte.

38. Cette dernière phrase est bien maladroite : car on doit reprocher aux jeunes Vanderk et Desparville leur *légèreté,* mais non leur *étourderie* ; et cette légèreté n'est pas de celles qui sont « les plus pardonnables » !

# ANNEXES

# **ANNEXE I**

VERSION IMPOSÉE PAR LA CENSURE
POUR LA FIN DE L'ACTE III

Scène VIII

M. Vanderk Père, *en robe de chambre*,
M. Vanderk Fils
(Fin)

( ........................................ )

M. Vanderk Père

Et quelles précautions aviez-vous prises contre la juste rigueur des lois ?

M. Vanderk Fils

La juste rigueur !

M. Vanderk Père

Oui, elles sont justes, ces lois ! Un peuple... je ne sais lequel, les Romains, je crois, accordaient des récompenses à qui conservait la vie d'un citoyen. Quelle punition ne mérite pas un Français qui médite d'en égorger un autre, qui projette un assassinat !

M. Vanderk Fils

Un assassinat !

M. Vanderk Père

Oui, mon fils, un assassinat. La confiance que l'agresseur a dans ses propres forces fait presque toujours sa témérité.

M. Vanderk Fils

Et vous-même, mon père, lorsque autrefois...

M. Vanderk Père

Le Ciel est juste : il m'en punit en vous. Enfin quelles précautions aviez-vous prises contre la juste rigueur des lois ?

M. Vanderk Fils

La fuite.

M. Vanderk Père

Hé ! quelle était votre marche, le lieu, l'instant ?

M. Vanderk Fils

Sur les trois heures après-midi, derrière les petits remparts.

M. Vanderk Père

Eh, pourquoi donc sortez-vous si tôt ?

M. Vanderk Fils

Pour ne pas manquer à ma parole. J'ai redouté l'embarras de cette noce, de ma tante, et de me trouver engagé de façon à ne pouvoir m'échapper. Ah ! comme j'aurais voulu retarder d'un jour !

M. Vanderk Père

Et d'ici à trois heures, ne pourriez-vous rester ?

M. Vanderk Fils

Ah ! mon père, imaginez...

M. Vanderk Père

Vous aviez raison, mais cette raison ne subsiste plus. Faites rentrer vos chevaux, remontez chez vous ; je vais réfléchir aux moyens qui peuvent vous sauver et l'honneur et la vie.

M. Vanderk Fils, *à part*

Me sauver l'honneur !... Mon père, mon malheur mérite plus de pitié que d'indignation.

M. Vanderk Père

Je n'en ai aucune.

M. Vanderk Fils

Prouvez-le-moi donc en me permettant de vous embrasser.

M. Vanderk Père

Non, monsieur, remontez chez vous.

M. Vanderk Fils

J'y vais, mon père.

(*Il se retire précipitamment.*)

## Scène IX

M. Vanderk Père, *seul*.

Infortuné ! Comme on doit peu compter sur le bonheur présent ! Je me suis couché le plus tranquille, le plus heureux des pères, et me voilà ! Antoine... je ne peux avoir trop de confiance... Si son sang coulait pour son roi et pour sa patrie !... mais...

## Scène X

Antoine, M. Vanderk Père

### Antoine

Que voulez-vous ?

### M. Vanderk Père

Ce que je veux ? Ah ! qu'il vive !

### Antoine

Monsieur...

### M. Vanderk Père

Je ne t'ai pas entendu entrer.

### Antoine

Vous m'avez appelé.

### M. Vanderk Père

Je t'ai appelé ?... Antoine, je connais ta discrétion, ton amitié pour moi et pour mon fils ; il sortait pour se battre.

#### Antoine

Contre qui ? Je vais...

#### M. Vanderk Père

Cela est inutile.

#### Antoine

Tout le quartier va le défendre. Je vais réveiller...

#### M. Vanderk Père

Non, ce n'est pas...

#### Antoine

Vous me tueriez plutôt que de...

#### M. Vanderk Père

Tais-toi, il est ici. Cours à son appartement, dis-lui, dis-lui que je le prie de m'envoyer la lettre dont il vient de me parler. Ne dis pas autre chose, ne fais voir aucun intérêt sur ce qui le regarde... Remarque... Va, qu'il te donne cette lettre et qu'il m'attende : je vais le voir.

### Scène XI

#### M. Vanderk Père, *seul*.

Ah ! Ciel ! fouler aux pieds la raison, la nature et les lois ! Préjugé funeste, abus cruel du point d'honneur ! tu ne pouvais avoir pris naissance que dans les temps les plus barbares, tu ne pouvais subsister qu'au milieu d'une nation vaine et pleine d'elle-même, qu'au milieu d'un peuple dont chaque particulier compte sa personne pour tout, et sa patrie et sa famille pour rien. Et vous, lois sages, vous avez désiré mettre un frein à l'honneur ; vous avez ennobli l'échafaud ; votre sévérité a servi à froisser le cœur d'un honnête homme entre l'infamie et le supplice. Ah ! mon fils !

### Scène XII

#### Antoine, M. Vanderk Père

##### Antoine

Monsieur, vous l'avez laissé partir ?

##### M. Vanderk Père

Il est parti ? O Ciel ! Arrêtez...

##### Antoine

Ah ! monsieur, il est déjà bien loin. Je traversais la cour ; il a mis ses pistolets à l'arçon.

##### M. Vanderk Père

Ses pistolets ?

##### Antoine

Il m'a crié : « Antoine, je te recommande mon père ! » et il a mis son cheval au galop.

##### M. Vanderk Père

Il est parti ! Ah ! Dieux ! (*Il rêve douloureusement ; il reprend sa fermeté et dit :*) Que rien ne transpire ici. Viens, suis-moi, je vais m'habiller.

*Fin du troisième acte*

# ANNEXE II

[Préambule sans titre d'aucune sorte que Sedaine a mis en tête de l'Appendice donnant le texte authentique de sa pièce, indépendamment de toute correction imposée par la censure, et inséré dans certains exemplaires des deux premières éditions (1766-I et 1766-II).]

De tous les défauts de ma pièce, celui qui n'échappe pas à la plus légère attention est qu'elle ne remplit pas son titre ; j'ai été le premier à le dire après les changements. Mon *Philosophe sans le savoir* était un homme d'honneur, qui voit toute la cruauté d'un préjugé terrible et qui y cède en gémissant. C'était, sous un autre aspect, Brutus, qui, pénétré de ce qu'il doit à sa patrie, étouffe la voix de la raison, le cri de la nature, et envoie ses fils à la mort[1].

Les considérations les plus sages m'ont forcé de changer la situation, et d'affaiblir mon caractère principal ; j'avoue que le titre de *Philosophe* paraissait proposer Vanderk comme un modèle de conduite, et ce prétendu modèle, malheureusement trop près de nos mœurs,

---

1. On le voit, Vanderk père, dans l'esprit de Sedaine, est beaucoup plus proche d'un héros de Plutarque que d'un sectateur de l'*Encyclopédie* ! On sait que Junius Brutus établit la République à Rome en 509 av. J.-C., et n'hésita pas à condamner et à faire périr ses propres fils, qui voulaient rétablir les Tarquins.

était trop loin de nos lois. Mais, si cet ouvrage a le bonheur d'être représenté dans les pays étrangers, les considérations nationales n'y subsistant plus, puisque le lieu de la scène n'est plus le même pour eux[2], je crois que le caractère de mon Philosophe, tel qu'il était, aura plus de ressort, et le personnage plus de jeu ; les passages de la fermeté à la tendresse seront marqués avec plus de force, et les situations deviendront plus théâtrales.

C'est cette raison qui m'a fait ajouter à la pièce telle qu'on la joue les scènes telles qu'elles étaient avant d'être changées ; et j'ai même remis ce que le public m'a forcé de supprimer : l'or donné après la reconnaissance[3], l'arrivée des musiciens, etc. Ce n'est pas que le public n'ait bien vu et bien décidé[4]. J'avais diminué la force, le nerf, la vigueur de mon Athlète, et je lui laissais le même fardeau à porter : les proportions étaient ôtées. Je désire que la représentation, en quelque lieu qu'elle se fasse[5], assure la justesse de ma réflexion.

---

2. On pourrait répliquer à Sedaine qu'il serait encore plus fâcheux pour la bonne réputation des Français que nos mœurs apparaissent ainsi à l'étranger comme soumises à un « préjugé terrible » ! Mais il va de soi que l'hypothèse envisagée par l'auteur n'est qu'un simple paravent : il veut avant tout mettre sous les yeux des lecteurs, français comme étrangers, le vrai texte de sa pièce.

3. C'est-à-dire : l'or donné par M. Vanderk père après qu'il s'est aperçu que le baron Desparville est, selon toute vraisemblance, le père de l'adversaire de son fils.

4. Autre phrase embarrassée, qui n'est qu'une pure clause de style !

5. La formule laisse entendre que le vrai texte ainsi fourni par Sedaine pourrait servir, non seulement pour les représentations données dans les cours étrangères, mais encore, en France même, pour le théâtre de société, dont on sait qu'il est des plus vivants à l'époque.

# ANNEXE III

EXTRAIT DE « QUELQUES RÉFLEXIONS INÉDITES DE SEDAINE SUR L'OPÉRA-COMIQUE »

[*Quelques réflexions inédites de Sedaine sur l'Opéra-Comique* : c'est sous ce titre que Pixérécourt[1], au tome IV et dernier de son *Théâtre Choisi*[2], a publié un manuscrit de Sedaine qui était venu en sa possession, en le faisant précéder de la note suivante :

> *Sedaine mourut en 1797, laissant sa femme et six enfants[3] dans un état voisin de l'indigence. Pendant ma*

---

1. René Charles Guilbert de Pixérécourt, né à Nancy en 1773, mort dans la même ville en 1844, fut le grand maître du mélodrame au tournant du XVIIIe et du XIXe siècle (*Victor ou l'Enfant de la forêt*, 1798 ; *Coelina ou l'Enfant du mystère*, 1800). Il avait dirigé l'Opéra-Comique de 1827 à 1832.

2. *Théâtre Choisi de G. de Pixérécourt, précédé d'une introduction de Ch. Nodier et illustré par des notices littéraires dues à ses amis...*, Paris et Nancy, 1843, tome IV, p. 501-516.

3. Erreur manifeste. Sedaine laissait trois enfants : une fille, Jeanne-Suzanne, née en 1767, qui ne se maria pas et mourut quasi centenaire en 1864 ; un fils, Anastase-Henri (1770-1848) ; une seconde fille, Anastase-Suzanne, *alias* Agathe, née en 1778, qui épousa le chevalier, plus tard marquis de Brisay, et mourut en 1835 (voir Auguste Rey, *La Vieillesse de Sedaine*, p. 31, 103-111). — De même, Pixérécourt exagère quand il parle de l'« indigence » de la famille à la mort de Sedaine.

> *courte administration à l'Opéra-Comique, j'ai été assez heureux pour découvrir une de ses filles[4] et lui faire accorder sur la caisse du théâtre une pension de 1 200 francs dont elle continue à jouir[5]. Ce fut à cette occasion qu'elle voulut bien m'offrir quelques autographes plus ou moins curieux, et un manuscrit de son père, que je livre aujourd'hui à l'impression[6].*

Nous extrayons de ces quinze pages ce qui regarde *Le Philosophe sans le savoir* (p. 509-510.]

En 1765[7], m'étant trouvé à la première représentation des *Philosophes* (mauvais et méchant ouvrage en trois actes), je fus indigné de la manière dont étaient traités d'honnêtes hommes de lettres que je ne connaissais que par leurs écrits. Pour réconcilier le public avec l'idée du mot philosophe, que cette satir pouvait dégrader, je composai le *Philosophe sans le savoir*. Dans ce même temps, un grand seigneur se battit en duel, sur le chemin de Sèvres ; son père attendait dans son hôtel la nouvelle de l'issue du combat, et avait ordonné qu'on se contentât de frapper à la porte cochère trois coups si son fils était mort ; c'est ce qui m'a donné l'idée de ceux que j'ai employés dans cette pièce.

---

4. C'est l'aînée ; Jeanne-Suzanne, dont il a été question à la note précédente.

5. On avait toutefois réduit cette pension à 900 francs vers 1840, ce qui inspira à Vigny son plaidoyer en faveur de la fille de Sedaine, publié en janvier 1841 dans la *Revue des Deux Mondes (De Mlle Sedaine et de la propriété littéraire)*.

6. Ces quelques pages de Sedaine furent rédigées, comme on va le voir, en 1778, on ne sait pour quel destinataire proche de l'auteur.

7. *Les Philosophes* de Palissot furent représentés en 1760. Sedaine confond cette date et celle de la création de sa propre pièce.

Jamais ouvrage n'avait eu autant de peine que celui-ci à paraître sur la scène : je fus un an entier à en obtenir la permission. On disait que le titre de la pièce était *Le Duel,* et qu'elle en était l'apologie. Les préventions contre cet ouvrage étaient si fortes, que jamais je n'aurais obtenu la permission de le faire paraître, si le lieutenant de police et le procureur du roi ne s'étaient transportés à une répétition donnée pour faire entendre l'ouvrage afin qu'ils puissent en juger. La permission fut enfin accordée. C'est le seul ouvrage mis au théâtre où le mot d'*amour* ne soit pas même prononcé. Il est resté sur le répertoire de la comédie[8], et depuis 1765 qu'il fut donné jusqu'en cette année 1778, il fait toujours la même impression.

---

8. La Comédie-Française.

# ANNEXE IV

## LES REPRÉSENTATIONS DU *PHILOSOPHE SANS LE SAVOIR* À LA COMÉDIE-FRANÇAISE

D'après A. Joannidès, *La Comédie-Française de 1680 à 1900,* Paris, 1901, et les renseignements fournis par les Archives de la Comédie-Française.

| ANNÉES | NOMBRE DE REPRÉSENTATIONS | ANNÉES | NOMBRE DE REPRÉSENTATIONS |
|---|---|---|---|
| 1765 | 7  | 1779 | 4 |
| 1766 | 24 | 1780 | 3 |
| 1767 | 11 | 1781 | 3 |
| 1768 | 5  | 1782 | 3 |
| 1769 | 5  | 1783 | 4 |
| 1770 | 5  | 1784 | 1 |
| 1771 | 6  | 1785 | 2 |
| 1772 | 2  | 1786 | 1 |
| 1773 | 2  | 1787 | 1 |
| 1774 | 2  | 1789 | 4 |
| 1776 | 1  | 1791 | 1 |
| 1777 | 4  | 1792 | 4 |
| 1778 | 1  | 1793 | 2 |

| ANNÉES | NOMBRE DE REPRÉSENTATIONS | ANNÉES | NOMBRE DE REPRÉSENTATIONS |
|---|---|---|---|
| 1800 | 1 | 1842 | 6 |
| 1802 | 4 | 1843 | 3 |
| 1803 | 2 | 1844 | 1 |
| 1805 | 3 | 1851 | 2 |
| 1806 | 3 | 1852 | 7 |
| 1807 | 3 | 1853 | 3 |
| 1809 | 6 | 1855 | 7 |
| 1810 | 9 | 1856 | 5 |
| 1811 | 7 | 1857 | 3 |
| 1812 | 6 | 1858 | 3 |
| 1813 | 2 | 1859 | 6 |
| 1814 | 4 | 1861 | 2 |
| 1815 | 8 | 1862 | 5 |
| 1816 | 6 | 1863 | 2 |
| 1817 | 4 | 1864 | 2 |
| 1818 | 4 | 1865 | 10 |
| 1819 | 3 | 1866 | 5 |
| 1820 | 2 | 1875 | 21 |
| 1821 | 6 | 1876 | 5 |
| 1822 | 3 | 1877 | 2 |
| 1823 | 2 | 1879 | 6 |
| 1824 | 2 | 1880 | 2 |
| 1825 | 5 | 1907 | 5 |
| 1826 | 4 | 1928 | 8 |
| 1827 | 1 | | |
| 1828 | 1 | | |
| 1831 | 4 | | |
| 1832 | 3 | | |
| 1833 | 4 | | |
| 1834 | 2 | | |
| 1835 | 2 | | |
| 1836 | 4 | | |
| 1839 | 4 | | |
| 1840 | 3 | | |

# TABLE DES MATIÈRES

| | |
|---|---|
| INTRODUCTION | VII |
| BIBLIOGRAPHIE SOMMAIRE | XLV |

## LE PHILOSOPHE SANS LE SAVOIR

| | |
|---|---|
| ACTE I | 5 |
| ACTE II | 29 |
| ACTE III | 57 |
| ACTE IV | 79 |
| ACTE V | 97 |

## ANNEXES

| | |
|---|---|
| I. Version imposée par la censure pour la fin de l'acte III | 123 |
| II. Préambule | 129 |
| III. Extraits de « Quelques réflexions inédites de Sedaine sur l'opéra-comique » | 131 |
| IV. Les représentations du *Philosophe sans le savoir* à la Comédie-Française | 135 |

## SOCIÉTÉ DES TEXTES FRANÇAIS MODERNES
## (S.T.F.M.)

Fondée en 1905
Association loi 1901 (J.O. 31 octobre 1931)
Siège social : Institut de littérature française (Université de Paris-IV)
1, rue Victor Cousin. 75005 PARIS

*Président d'honneur :* † M. Raymond Lebègue, Membre de l'Institut.

*Membres d'honneur :* MM. René Pintard, Jacques Roger, Isidore Silver.

### BUREAU 1990

*Président :* M. Robert Garapon.
*Vice-Président :* M. Roger Zuber.
*Secrétaire général :* M. François Moureau.
*Trésorier :* M. Roger Guichemerre.
*Trésorière adjointe :* M<sup>lle</sup> Huguette Gilbert.

---

La Société des Textes Français Modernes (S.T.F.M.), fondée en 1905, a pour but de réimprimer des textes publiés depuis le XVI$^e$ siècle et d'imprimer des textes inédits appartenant à cette période.

Pour tous renseignements, et pour les demandes d'adhésion : s'adresser au Secrétaire général, M. François Moureau, 14 *bis,* rue de Milan 75009 Paris.

*Demander le catalogue des titres disponibles et les conditions d'adhésion.*

LES PUBLICATIONS DE LA SOCIÉTÉ DES TEXTES FRANÇAIS MODERNES SONT EN VENTE A LA LIBRAIRIE *AUX AMATEURS DE LIVRES.*
62, avenue de Suffren 75015 Paris

# EXTRAIT DU CATALOGUE

(janvier 1990)

## XVIe siècle.

*Poésie :*

4. Héroët, *Œuvres poétiques* (F. Gohin)
5. Scève, *Délie* (E. Parturier).
7-31. Ronsard, *Œuvres complètes* (P. Laumonier), 20 tomes.
32-39, 179-180. Du Bellay, *Deffence et illustration. Œuvres poétiques françaises* (H. Chamard) *et latines* (Geneviève-Demerson), 10 vol.
43-46. D'Aubigné, *Les Tragiques* (Garnier et Plattard), 4 vol.
141. Tyard, *Œuvres poétiques complètes* (J. Lapp.)
156-157. *La Polémique protestante contre Ronsard* (J. Pineaux), 2 vol.
158. Bertaut, *Recueil de quelques vers amoureux* (L. Terreaux).
173-174. Du Bartas, *La Sepmaine* (Y. Bellenger), 2 vol.
177. La Roque, *Poésies* (G. Mathieu-Castellani).

*Prose :*

2-3. Herberay des Essarts, *Amadis de Gaule (Premier Livre)*, 2 vol. (H. Vaganay-Y. Giraud).
6. Sébillet, *Art poétique françois* (F. Gaiffe — F. Goyet).
150. Nicolas de Troyes, *Le Grand Parangon des Nouvelles nouvelles* (K. Kasprzyk).
163. Boaistuau, *Histoires tragiques* (R. Carr).
171. Des Periers, *Nouvelles Récréations et joyeux devis* (K. Kasprzyk).
175. *Le Disciple de Pantagruel* (G. Demerson et C. Lauvergnat-Gagnière).
183. D'Aubigné, *Sa Vie à ses enfants* (G. Schrenck).
186. *Chroniques gargantuines* (C. Lauvergnat-Gagnière, G. Demerson *et al.*).

*Théâtre :*

42. Des Masures, *Tragédies saintes* (C. Comte).
122. *Les Ramonneurs* (A. Gill).
125. Turnèbe, *Les Contens* (N. Spector).
149. La Taille, *Saül le furieux. La Famine...* (E. Forsyth).
161. La Taille, *Les Corrivaus* (D. Drysdall).
172. Grévin, *Comédies* (E. Lapeyre).
184. Larivey, *Le Laquais* (M. Lazard et L. Zilli).

# XVIIᵉ siècle

*Poésie :*

54. RACAN, *Les Bergeries* (L. Arnould).
74-76. SCARRON, *Poésies diverses* (M. Cauchie), 3 vol.
78. BOILEAU-DESPRÉAUX, *Épistres* (A. Cahen).
123. RÉGNIER, *Œuvres complètes* (G. Raibaud).
151-152. VOITURE, *Poésies* (H. Lafay), 2 vol.
164-165. MALLEVILLE, *Œuvres poétiques* (R. Ortali), 2 vol.
187-188. LA CEPPÈDE, *Théorèmes,* (Y. Quenot), 2 vol.

*Prose :*

64-65. GUEZ DE BALZAC, *Les premières lettres* (H. Bibas et K.T. Butler), 2 vol.
71-72. Abbé de PURE, *La Pretieuse* (E. Magne), 2 vol.
80. FONTENELLE, *Histoire des oracles* (L. Maigron).
132. FONTENELLE, *Entretiens sur la pluralité des mondes* (A. Calame).
135-140. SAINT-ÉVREMOND, *Lettres et Œuvres en prose* (R. Ternois), 6 vol.
142. FONTENELLE, *Nouveaux Dialogues des morts* (J. Dagen).
144-147 et 170. SAINT-AMANT, *Œuvres* (J. Bailbé et J. Lagny), 5 vol.
153-154. GUEZ DE BALZAC, *Les Entretiens* (1657) (B. Beugnot), 2 vol.
155. PERROT D'ABLANCOURT, *Lettres et préfaces critiques* (R. Zuber).
169. CYRANO DE BERGERAC, *L'Autre Monde ou les Estats et Empires de la Lune* (M. Alcover).
182. SCARRON, *Nouvelles tragi-comiques* (R. Guichemerre).

*Théâtre :*

57. TRISTAN, *Les Plaintes d'Acante et autres œuvres* (J. Madeleine).
58. TRISTAN, *La Mariane. Tragédie* (J. Madeleine).
59. TRISTAN, *La Folie du Sage* (J. Madeleine).
60. TRISTAN, *La Mort de Sénèque, Tragédie* (J. Madeleine).
61. TRISTAN, *Le Parasite. Comédie* (J. Madeleine).
62. *Le Festin de pierre avant Molière* (G. Gendarme de Bévotte — R. Guichemerre).
73. CORNEILLE, *Le Cid* (M. Cauchie).
121. CORNEILLE, *L'Illusion comique* (R. Garapon).
126. CORNEILLE, *La Place royale* (J.-C. Brunon).
128. DESMARETS DE SAINT-SORLIN, *Les Visionnaires* (H. G. Hall).
143. SCARRON, *Dom Japhet d'Arménie* (R. Garapon).
160. CORNEILLE, *Andromède* (C. Delmas).
166. L'ESTOILE, *L'Intrigue des filous* (R. Guichemerre).
167-168. *La Querelle de l'École des Femmes* (G. Mongrédien), 2 vol.
176. SCARRON, *L'Héritier ridicule* (R. Guichemerre).
178. BROSSE, *Les Songes des hommes esveillez* (G. Forestier).
181 et 190. DANCOURT, *Comédies* (A. Blanc), 2 vol.
185. POISSON, *Le Baron de la Crasse, L'Après-soupé des auberges* (C. Mazouer).

## XVIIIᵉ siècle.

- 80-81. P. BAYLE, *Pensées diverses sur la Comète.* (A. Prat-P. Rétat).
- 131. DIDEROT, *Éléments de physiologie* (J. Mayer).
- 162. DUCLOS, *Les Confessions du Cᵗᵉ de N\*\*\** (L. Versini).
- 159. FLORIAN, *Nouvelles* (R. Godenne).
- 148. MABLY, *Des Droits et des devoirs du citoyen* (J.-L. Lecercle).
- 112. ROUSSEAU J.-J., *Les Rêveries du Promeneur solitaire* (J. Spink).
- 87-88. VOLTAIRE, *Lettres philosophiques* (G. Lanson, A.M. Rousseau), 2 vol.
- 89-90. VOLTAIRE, *Zadig* (G. Ascoli), 2 vol.
- 91. VOLTAIRE, *Candide* (A. Morize).

## XIXᵉ siècle.

- 94-95. SENANCOUR, *Rêveries sur la nature primitive de l'homme* (J. Merlant et G. Saintville), 2 vol.
- 124. BALZAC, *Le Colonel Chabert* (P. Citron).
- 119-120. CHATEAUBRIAND, *Vie de Rancé* (F. Letessier), 2 vol.
- 129-130. CHATEAUBRIAND, *Voyage en Amérique* (R. Switzer), 2 vol.
- 110. *La Genèse de Lorenzaccio* (P. Dimoff).

## Collections complètes actuellement disponibles

- 43-46. D'AUBIGNÉ, *Tragiques,* 4 vol.
- 32-39 et 179-180. DU BELLAY, *Œuvres poétiques françaises* et *latines* et la *Deffence...*, 10 vol.
- 7-31. RONSARD, *Œuvres complètes,* 20 tomes.
- 144-147 et 170. SAINT-AMANT, *Œuvres,* 5 vol.
- 135-140. SAINT-ÉVREMOND, *Lettres* (2 vol.) et *Œuvres en prose* (4 vol.).

Photocomposé en Times de 10
et achevé d'imprimer en mai 1990
par l'Imprimerie de la Manutention à Mayenne
N° 174-90